EL LIBRO

DEL

TESORO

Sesenta Historias y Cuentos que Cambiarán tú Vida

Raymundo Ramírez

EL LIBRO DEL TESORO

2018 Raymundo Ramírez

TABLA DE CONTENIDO

INTRODUCCIÓN

Hay momentos en nuestra vida que se ocupa el aliento emotivo, la palabra verbal de un buen amigo, un hermano o nuestros padres, para sentirnos apoyados y motivados en este desbalanceado mundo emocional. Este libro te cuenta historias y cuentos sobre experiencias de la vida del ser humano y te orienta a que veas la vida en otra perspectiva, a que luches por tus sueños. Nada es fácil conseguir, pero con esfuerzo y deseos todo se logra. Te invito a que explores el contenido de este libro y trates de sacarle provecho, estoy seguro te va a entretener, bien servido quedaré si al menos encuentras palabras que despierten tus anhelos o sueños dormidos en el fondo de tu subconciencia. En este mundo hay mucho que se puede conseguir y nunca es tarde para empezar.

QUIÉN SERÁ

Una de tantas de las grandes empresas que venden tecnología avanzada, decidieron que ya era tiempo de ver resultados de prosperidad, tenían 10 años dando servicio en el mercado y apenas si se mantenían para seguir operando. Un día el gerente operativo decidió poner en práctica una idea que tal vez ayudaría a motivar a los cientos de empleados que trabajaban para él, sucedió algo inesperado. Al día siguiente a la entrada del local, a un lado de un mostrador había un pizarrón con el siguiente anuncio:

"Hoy día, ha muerto la persona que ha truncado tu éxito y prosperidad en esta empresa, en el saloncito al lado de la cafetería se estarán mostrando sus restos, para que pases a darle la despedida"

No se sabía quién había escrito el mensaje. Todos los empleados empezaban a llegar, muchos de ellos se preguntaban ¿quién será el difunto que ha estado deteniendo nuestro desarrollo?, tenían dudas y temor, mientras en el salón se hacían los preparativos para dar cabida a los empleados. ¿Pero quién es? se preguntaban temerosos, sin recibir ninguna respuesta, con los nervios de punta uno a uno se fue acercando al féretro. Al asomarse al fondo de este, encontraron un espejo luminoso con una nota triste, que rezaba así:

"La persona que ha muerto, eres tú, ¡mírate! Te ves cansado, sin ilusiones, no se ve el brillo de tus ojos, has perdido la motivación por vivir, ¿Qué ha pasado? decías que eras el mejor, que tenías un potencial enorme, decías que estabas capacitado para cualquier tarea y no a sido así, decías que no te rendirías tan fácilmente y te has rendido cuando enfrentas lo difícil. Por eso y muchas razones más, hoy mueres, si, este es tu sepelio. El vivir en la conformidad y la falta de ilusiones por un porvenir mejor no es vida. ¿Quieres vivir? ¿O quieres seguir muerto en vida? Mírate bien al espejo, tú eres único. En todo el tiempo de la eternidad nunca habrá otro ser tan extraordinario como tú, para que tu hayas nacido tuviste que demostrar que eras el más veloz en una carrera de millones de células reproductivas y tu fuiste el mejor, llegaste primero, eso te hace ser, un ser especial, que todo lo puede, solo si tú lo quieres. El mundo es como el espejo, en el se reflejan todos nuestros pensamientos, tanto de mediocridad como de prosperidad"

Cada uno de los empleados leyó la nota fúnebre, alguien había sembrado una semillita de esperanza en aquellas mentes adormiladas por el trajín del diario vivir.

Mientras los empleados salían del salón, en la cafetería el gerente operativo tomaba un sorbo de café con una sonrisa en sus labios y pedía al cielo por que la nota aquella obrara un milagro en aquella gente.

CERRANDO CIRCULOS

Es momento de que dejes los prejuicios atrás, ¡ya basta!, debes dejarlos fuera de tu vida. Si algún día te invadió la frustración, por no conseguir lo que te proponías, o algún buen amigo o amiga defraudo tu confianza, es momento de perdonar y cerrar círculos. Olvida los momentos amargos del ayer y vive el presente. Muchos en nuestra infancia pasamos por etapas difíciles, en el hogar con nuestros padres o hermanos, tenemos dificultades en nuestra escuela, quizás algún maestro te hizo menos y aun guardas en tu mente resentimiento y repudio hacia aquella persona, son circunstancias de la vida que no son ajenos a nuestro desarrollo personal. Si aun guardas odio es momento de cerrar círculos, suelta esos sentimientos dañinos y purifica tu espíritu, dale libertad a tu alma para que aprecie y valore lo que realmente vale la pena valorar. Dios el mundo y la naturaleza tienen mucho por enseñarnos, aprovecha esta oportunidad. Aprendamos a disfrutar un bello amanecer, echando un vistazo al horizonte, escuchemos y disfrutemos del canto de los pajarillos en un bosque, observa a la orilla del mar como las olas rabiosas vienen y van sin rumbo fijo. En una noche obscura de estrellas viaja al espacio con tu mente, a lo lejos verás el sol luchando por dar calor y vida a nuestro hogar, a tu derecha empezarás a ver los astros todos alineados en sus orbitas cumpliendo una función, guiados y ordenados por una fuerza celestial. Es tiempo de cerrar círculos de dejar atrás las malas vibras, y centrarse en cumplir nuestra misión. ¿Que no sabes cuál es tu misión? Tal vez sea el tiempo y el momento en que debes visitar el firmamento y pedir ayuda a esa fuerza celestial que siempre está dispuesta a cooperar.

MEXICANOS Y MEXICANAS

Hoy (2018) todos los mexicanos estamos preocupados por nuestro México lindo y querido, se vienen las elecciones para nuevo presidente y queremos y deseamos que la persona que sustituya al señor Enrique Peña Nieto sea la idónea en el cargo. Tenemos la esperanza de que las cosas cambien si no de porrazo si gradualmente, queremos ver un México libre de corrupción y compadrazgos, que se generen miles de empleos para que los paisanos que viven en el extranjero si quieren puedan regresar, queremos los pueblos limpios y respeto de las autoridades, que puedas caminar libremente por las calles a la hora que sea y sin ningún temor. Que los alumnos que se gradúen de las escuelas primarias tengan la oportunidad de seguir estudiando gratuitamente y en un futuro obtengan una carrera para que sirvan a su patria. Que el hombre y la mujer de campo obtenga subsidios federales para hacer rendir nuestra bendita tierra y poder cosechar con nuestras propias manos el alimento que necesita nuestra sociedad. Que todos esos recursos naturales enormes que tenemos como el mar del pacifico y del atlántico, las minas, el petróleo, las tierras de cultivo, la ganadería que posee nuestro país sean explotados racionalmente y sea distribuida la riqueza equitativamente para vivir una vida digna, poder ver nuestras familias orgullosas de nuestro México. De la política no quiero hablar, solo me gustaría ver que el nuevo presidente empezará bien y terminará mejor

Tengo una historia que se puede relacionar con el progreso de México, te la cuento;

Un Maestro de rancho se encontraba preocupado por los problemas sociales que aquejaban a México, pasaban los años y con nuestros actuales gobernantes no se veía ninguna solución.

Cierto día, mientras organizaba la clase para el siguiente día, entró su hijito de 7 años a la pequeña oficina para ayudarle, el maestro se encontró por allí un mapa de México, tomó unas tijeras, recortó a modo de puzle en decenas de pedazos "Mira hijo aquí tienes el país de México todo roto, el trabajo es que lo recompongas de nuevo"

El maestro calculó que su hijo tardaría por lo menos 4 horas en armarlo mientras el hacia su tarea, sin embargo, a la media hora oyó la voz de su hijo entusiasmado "Papá ya está arreglado"

Completamente anonadado el maestro vio que todas las partes estaban en su lugar. ¿Como es posible que hayas terminado tan rápido? El niño contestó, Cuando tomaste el mapa del estante para recortarlo vi que por la parte de atrás había una foto. Cuando me dijiste que lo acomodara no supe cómo. Entonces di vuelta a los pedazos de papel y empecé por acomodar el hombre, una vez terminado, di la vuelta al papel y encontré que había arreglado México. ¿Y qué foto era esa? Preguntó el papá. La de Benito Juárez. Entiendo dijo el papa un presidente que tenía mucho respeto por nuestra nación, que ejerció el derecho ajeno y siempre quiso la paz para su pueblo. Esa es la clase de presidente que puede arreglar México.

"Se tú el cambio que está esperando México"

TODO PASA

Caminaba despreocupado por uno de los pasillos de la unidad de emergencias del hospital Uci de Orange County, cuando sin querer empecé a escuchar a la mujer de un paciente que había experimentado un derrame cerebral. La mujer cuidaba a su familiar en uno de los cuartos pequeños de aquella unidad. Fue impactante escuchar el dialogo de aquella mujer, sin ánimos de juzgar, al contrario, me pareció un dialogo cómico y chusco a la vez veamos que sucedió:

- Guáchale menso te vas a caer - decía la mujer - de por sí que te andas muriendo y con esto, te me petateas…

De pronto suena un celular y contesta la mujer:

- Órale ¿Quién habla, de allá paca?

- Soy yo tía, Matilde, su sobrina, supe que se le enfermó mi tío, ¿Cómo esta?

- Más o menos muchacha, ya se está reponiendo el menso.

- ¿Pos que le pasó tía?

- Los matasanos dicen que le estaba dando quesque un derrame en la choya.

- Uuuff eso esta remalo, y usted ¿Como esta tía?

- Preocupada.

- Te quiero mucha tía, échele ganas.

- Eso de que me quieres muncho ¿Me lo dices en serio? Por qué a una, a veces le dicen así y por la espalda le están clavando a uno los cuchillos.

- No tía, deberás.

Lo sé, el dialogo es cómico, pero también es parte de nuestra indiosincrasia, perdón, idiosincrasia. Personas van, personas vienen, lo cierto es que, todo pasa. Y a propósito de "TODO PASA" te cuento el siguiente cuento valga la redundancia:

En la antigüedad había un palacio gobernado por un Rey, el cual había reunido a todos sus súbditos en el salón imperial. En el se encontraban sus asesores, doncellas, Ingenieros, maestros de la ley, campesinos y sirvientes. Ya todos reunidos, levantó la voz pidiendo silencio a sus siervos, dijo lo siguiente;

"he pedido que vinieran porque deseo que alguien de ustedes me encuentre dos palabras y forme una frase, que al mencionarlas me den paz y tranquilidad, que aporte el poder de vencer la enfermedad para tener salud, que tengan la capacidad de derrotar al fracaso para que me invada el éxito, que venza la miseria para que todos juntos tengamos abundancia de bienes. Quien encuentre esta frase va a ser premiado con grandes riquezas y si por el contrario fracasare, mandaré degollarlo al instante. Partan a sus casas, mañana espero con su propuesta"

Al día siguiente apareció por el salón solo, un humilde campesino.

- ¿Tú tienes la respuesta? - preguntó el Rey.

- Si mi señor - enseguida le extendió el sobre y exigió una simple condición.

- Habla.

- Le pido que abra el sobre, solo, si se encuentra en un caso extremo de que vaya a perder la vida. Ah y debe cargarlo consigo todo el tiempo.

- Recuerda lo que te espera si no funciona tu frase - Replico el Rey.

- Siiii mi señorrrr – Contestó el campesino temeroso.

Tres meses después unos guerreros hambrientos, invadían el palacio deseosos de obtener comida y riquezas. El rey tuvo que salir huyendo a campo traviesa, la persecución comenzaba, para su mala fortuna llegaron al borde de un precipicio. Entonces el Rey se acordó de la carta que siempre llevaba consigo, la sacó presuroso y leyó la siguiente frase **"Todo**

pasa", cerró sus ojos y empezó a repetir "Todo pasa", "Todo pasa", "Todo pasa".

Mientras tanto había llegado un grupo de sirvientes y aliados amigos a salvarle la vida. los maleantes habían salido huyendo. Al abrir sus ojos el Rey vio que sus agresores habían desaparecido. Pidió a su tesorero que llamara al siervo que había entregado el mensaje. Ordenó el Rey que le entregaran una gran cantidad de oro, tierras y ganado como lo había prometido, además a partir de ese día, él sería su consejero personal.

MORALEJA

No importa si te da un derrame cerebral o un ataque al corazón, todo va a pasar, la vida es así, se termina bien o se termina mal.

Si tienes la fe del tamaño de un grano de mostaza… **"Todo pasa"**

LA ACTITUD POSITIVA LO ES TODO EN ESTA VIDA

Martín era esa clase de persona que caía mal a todo mundo, se creía un sábelo todo. Casi siempre mostraba buen humor, siempre tenía algo positivo que decir. Cuando alguien preguntaba como estas, el respondía: "No podía estar mejor". Era administrador de empresas, tenía varios amigos que lo seguían de negocio en negocio. La razón por la que lo seguían era por su actitud positiva. Él era motivador natural: Si uno de sus amigos tenía un mal día, Martín estaba ahí para apoyarlo, se sentía muy seguro de si mismo y eso incomodaba a sus allegados. Esto me causó curiosidad, así que un día fui a buscar a Martín y le pregunté:

¿No entiendo como haces para ser una persona positiva todo el tiempo? ¿Como le haces?

Martín respondió convencido:

- "Cada mañana me levanto y me digo a mi mismo, Martin, el día de hoy tienes dos opciones: Puedes estar de buen humor o puedes estar de mal humor. "Siempre elijo estar de buen humor". "Cuando sucede algo malo, puedo ser víctima o aprender de ello. Elijo aprender de ello". "Cada vez que alguien se queja conmigo, puedo aceptar su queja o puedo mostrarle el lado positivo de la vida.

- Si, pero no es tan fácil, protesté.

- "Sí lo es", dijo Martín. "Toda la vida es tomar elecciones. Cada situación es una elección". "Tú eliges como reaccionas ante cada situación, tú eliges si la gente afectará tu estado de ánimo, tú eliges estar de buen humor o mal humor". En resumen:

"Tú eliges como vivir tu vida"

Poco tiempo después, deje mi trabajo de empresa para iniciar mi propio negocio. Perdimos contacto, con frecuencia pensaba en Martin cuando tenía que hacer una elección en la vida, en vez de reaccionar contra ella. Varios años más tarde, me enteré de que Martín había tenido una tragedia en una de las empresas que manejaba, por descuido ya de noche un trabajador había dejado la puerta principal abierta, eso motivó que los asaltaran dos individuos fuertemente armados. Mientras trataba de abrir la caja fuerte, su nerviosismo lo traicionó, trató de quitarse el sudor con la manga de la camisa, un ladrón se confundió y pensó que iba a echar mano de alguna arma y le disparó. Los asaltantes sintieron pánico al ver a Martín sangrando y salieron huyendo. Martín gravemente herido en el hombro fue llevado de urgencia a una Clínica. Después de ocho horas de cirugía y unos días de terapia intensiva, Martín fue dado de alta aún con fuertes dolores en la herida. Me encontré con Martín tres meses después del suceso y cuando le pregunté cómo estaba, me respondió: "No pudiera estar mejor". Le pregunté qué pasó por su mente en el momento del asalto. Contestó: "Lo primero que pensé, fue asegurarme de cerrar las puertas yo mismo. Además, cuando estaba tirado en el piso, solo tenía dos opciones: Podía elegir vivir o podía elegir morir. Elegí vivir" ¿No sentiste miedo?, le pregunté. Martín continuo -"Los médicos fueron geniales. No dejaban de decirme que iba a estar bien. Pero cuando me llevaban al quirófano y vi las expresiones en las caras de médicos y enfermeras, me asusté. Podía leer en sus ojos: Es hombre muerto. Supe entonces que debía tomar una decisión."

¿Qué hiciste?, pregunté. " Uno de los médicos me preguntó si era alérgico a algo y rápidamente grité: Si, a las balas. Mientras reían, les dije: estoy escogiendo vivir, opérenme como si estuviera vivo, no muerto". Martin vivió por la capacidad de los médicos, pero sobre todo por su asombrosa actitud. Aprendió que cada día tenemos la elección de vivir plenamente, y que:

"La actitud positiva, lo es todo en esta vida"

A PALABRAS NECIAS, OIDOS SORDOS

Un día como cualquier otro, se organizó una carrera de animales, para ver cuál era el más veloz, la carrera iba a ser de 100 metros planos. Se reunieron avestruces, tigres, pumas, cebras, venados, gacelas, elefantes, leones, conejos, liebres y tortugas. Espera ¿Tortugas?, Había llegado un grupo de 8 tortugas a competir, decididas a triunfar.

Una liebre burlesca empezó a reír a carcajadas diciendo:

- Ya vieron quien va a competir contra nosotras ja, ja, ja, ¡pobrecitas no nos van a ver ni el polvo!
- Esta carrera es pa veloces no para lentas, insistía la liebre.

Poco a poco las tortugas se fueron retirando avergonzadas por las críticas de la pesada. Solo quedó una tortuga que ignoró las ofensas. Dispuesta a dar pelea, decidió entrar a la carrera. El resto de los animales ignoraban a la liebre, a ellos no les importaba si competía o no la tortuga.

Dio inicio la carrera, la tortuga cerró los ojos para concentrarse y salió a toda velocidad (ya te has de imaginar), al abrir los ojos no vio a nadie, creía que les llevaba ventaja, así que decidió acelerar el paso para llegar a la meta, el tramo se le hacía eterno, llevaba 60 minutos de carrera y 70 metros recorridos, cuando empezó a escuchar "vamos, tú puedes"(eran los animales que tenían 59 minutos que habían terminado la carrera). cansada y desfalleciente, seguía adelante pensando para sí que muy pronto saldría triunfadora, en su cansada mente imaginaba que sus compañeros de carrera habían abandonado. Lastimada y sangrante de sus patas, seguía luchando. Al león le dio pena y lastima, le gritaba "ya para, ya para, ya no tiene caso" los avestruces también suplicaban al ver desfalleciente al animalito y aun le faltaban 5 largos metros, decían los demás animales "traigámosle agua para refrescarla", ni tardo ni perezoso un elefante con su gran moco dio vuelta y empezó a correr hacia un lago cercano. La tortuga mientras tanto al fin llegaba a la meta y todos los animales la victoreaban, la subían en sus lomos para festejar, le acercaban frutas y agua para saciar la sed y el apetito, ya un poco relajada, empezaron a preguntarle:

-Cuando te pedimos que pararás ¿Por qué no lo hiciste? – preguntaba el león.

- Si, nos tenías asustadas pensábamos que ibas a morir – decían los avestruces

- ¿Si oíste que la liebre se burló mucho? porque seguir

- ¡Contesta!

Otra tortuga que rondaba el sitio grito con todas sus fuerzas "basta", no le hagan más preguntas, al fin y al cabo, no les va a contestar.

- Como que no nos va a contestar, ¿Tan mal educada es?
- No, lo que pasa, es que, **es Sorda**.

MORALEJA

Que, aunque te critiquen, te maltraten o te humillen, como a la tortuga,

"A palabras necias, oídos sordos" y mantente luchando por tus sueños.

CARGA TU CRUZ Y NO HAGAS TRAMPA

Se venía el fin de los tiempos, se acercaba el día del juicio final. Para que el hombre pudiera entrar al cielo tenía que hacer un sacrificio enorme, debía recorrer tres kilómetros cargando una cruz en sus hombros, a pleno medio día, con un sol abrazante como testigo, deberían caminar sobre un terreno infestado de plantas infértiles y malignas.

Formados en grupos de diez. Uno de los hombres de un grupo suplicaba al cielo, porque le enviaran un serrucho, para cortar la cruz y hacerla menos pesada, como respuesta recibía el silencio, al poco rato volvía a gritar a pulmón abierto:

- Señor, ¿Envíame un serrucho? para cortar este madero que me está lastimando el hombro, por favor apiádate de mí.

 Sus compañeros de viaje, todos sudorosos, ensangrentados, sedientos y hambrientos escuchaban sus lamentos y solo atinaban a sentir lastima por aquel ser.

- Señorrrr escucha mis suplicas, ¿Mándame un serrucho, por favorrr?

Como por arte de magia - metros más adelante - se encontró un serrucho nuevecito, feliz y contento empezó a cortar el madero por el medio,

- Ahora sí – decía - ya me siento cómodo, podemos continuar.

Y empezó a caminar. A los dos kilómetros del recorrido, ¡sorpresa! Se toparon con un precipicio muy profundo, en el fondo de este se observaban unas llamas ardientes. al cruzar a lo lejos se veía una hermosa pradera verde, inundada de frondosos arboles frutales. Ni tardos ni perezosos aquellos compañeros del quejoso, usaron su cruz para formar un puente que les permitiera cruzar al otro lado.

Mientras tanto el hombre del serrucho, que había decidido cortar el madero, quedaba triste, meditabundo y desconsolado, su cruz era demasiado corta para armar el puente que le ayudara a cruzar hacia el Edén.

MORALEJA

A veces las cosas parecen difíciles y empezamos a renegar de nuestra suerte, muchas veces no sabemos, que los logros obtenidos con esfuerzo y dedicación se aprecian y valoran con más gusto y placer.

EL BUEN CRISTIANO

Un buen samaritano viajaba a paso rápido y firme por una de las brechas de un monte, que llevaban a un pueblo civilizado, donde debía cumplir una misión. Había caminado muchas horas, pero todo aquel sacrificio valía la pena, sabía que no podía fallar, de su éxito o fracaso dependía el bienestar de muchas almas necesitadas de apoyo espiritual, en eso pensaba, cuando se cruzó por su camino un anciano con un bordón, caminando a paso muy lento, pensó que esa era la mejor oportunidad para obtener información, quiso ser amable con el anciano:

- Buenos días señor, que le trae por estos lugares tan solitarios.
- Buenos días joven – contestó el anciano – muy cerca de aquí tengo una cabaña donde habitan mi hija y su familia y ocasionalmente vengo a visitarlos, aunque muy pronto dejaré de hacerlo, esta artritis esta acabando con mis fuerzas. Ya le he contado lo que no, usted ¿Que hace por estos rumbos?
- Que bueno que me pregunta, verá, vengo de Hostotipaquillo, es un pueblo pequeño, pero con gran cantidad de habitantes, dios nos ha bendecido con grandes extensiones de terrenos y gran cantidad de

animales para subsistir. Hace muy poco falleció nuestro pastor, de la iglesia donde predicaba la palabra del señor a todos los feligreses.

- ¿Qué tiene que ver todo eso con encontrarte caminando por este monte? – preguntó el anciano.

- En la iglesia del pueblo, en mis tiempos libres, yo me ofrezco de voluntario para ayudar al pastor en sus quehaceres, al no haber pastor, los lideres religiosos me encomendaron venir a la ciudad a buscar otro pastor. La única condición que pidieron era que debía ser **un buen cristiano**. Pienso que usted me puede aconsejar y orientar en ese menester.

- Ay muchacho, ¿Así que bienes buscando un buen cristiano? ¿Y con que características lo buscas?, pues te diré que acá hay de cristiano en cristiano, mira tú vas a ver cristianos católicos, cristianos ortodoxos, cristianos en la fe, Testigos en cristo y muchos otros.

- El pastor que busco – decía el muchacho - debe predicar con el ejemplo, las enseñanzas que nos dejó Jesucristo, que sane al enfermo, que lave los pies, que apoye a los miembros de su iglesia, que se preocupe por el bienestar del alma de sus ovejas y sobre todo que quiera y ame a su próximo.

- ¿Tu ayudabas hacer todo eso? – preguntaba el anciano.

- Si y muy bien, pero, aconséjeme ¿Qué debo hacer?
- No te mortifiques ya encontré la solución – decía el anciano.
- ¿Cuál es, cuál es?
- Tu vas ha ser el nuevo pastor.
- ¿Cómo? Yo…
- Si tú.
- ¿Pero?
- Pero, nada… Ya tienes la solución, tu puedes predicar con el ejemplo, como predicaba tu pastor así que vete y enseña.
- ¡¡¡Fácil eehhh!!!

MORALEJA

Algunas veces nos ponemos o exigimos estándares muy elevados que requieren mucho esfuerzo, con el tiempo nos enteramos de que las cosas sencillas también llegan a ser muy productivas.

"Ama a tu próximo como a ti mismo"

"Amaos los unos a los otros"

"No hagas a otro, lo que no quieras para ti"

Cosas sencillas ¿verdad?

ARRIESGATE

Arriésgate a amar, el que no se arriesga a eso toda su vida será desdichado, además lo único que te puede pasar es que seas rechazado o rechazada. Te aseguro que más adelante habrá más oportunidades para que pruebes que puedes amar y ser amada. No detengas el tiempo y permitas que pasen los años por ti en vano.

Arriésgate a triunfar, la vida es tan corta para llevar una vida sin sentido, sin metas, sin objetivos, busca cosas nuevas por hacer, no te estanques. Si sientes que los resultados no son los esperados, y te sientes derrotada, recuerda que este no es el fin, siempre tenemos una segunda oportunidad para levantarnos y seguir en la lucha. La vida no es fácil, lo único que tenemos que hacer es aprender a vivirla bien y seguir adelante.

Arriésgate a sonar, las personas que no sueñan están muertas en vida, no seas una de ellas, no seas como un zombi. Aprende a crear tus propios sueños, si no encuentras respuestas dentro de ti, pídele al señor que sea tu guía. Recuerda la fe mueve montañas. Dios nos dio el don de la grandeza, aprovechémoslo cualesquiera sean nuestras circunstancias, nunca es tarde para empezar, si tú lo quieres tú lo puedes. Sueña en grande, y demuestra que tú todo lo puedes y que puedes crear un porvenir venturoso.

Arriésgate a ser tú mismo, no copies actitudes o maneras dañinas a los demás. Tú eres tú, con tu sonrisa, tus fortalezas y debilidades, tus alegrías y tristezas, tu felicidad o amargura. Identifícate, reconoce quién eres realmente, todo y cada uno tenemos una estrella que debemos hacer brillar. El ser humano es un ente divino que no muchos sabemos apreciar. Hoy te invito a que creas en ti, te quieras a ti mismo, te valores y valores a los demás, recuerda cada uno tiene su propio modo de ver la vida. Por eso es hermosa por tantas bendiciones que nos ha dado dios. Si tú quieres tú puedes.

Arriésgate a ser el mejor, lo único que podría pasar es que seas el numero dos, eso ya es muy significativo, lucha por tus sueños, lucha por salir adelante, lucha por amar a tu familia día a día y apoyarlos, lucha por crear un legado, donde las futuras generaciones digan "Esta persona tuvo un gran corazón y supo vivir su vida" no te quedes con nada. En la otra vida ya es otro cantar. Aprecia a tu hermano y hermana, adora a tus padres porque solo unos tienes. Da lo mejor de ti al grado que al final puedas decir.

"Vida nada te debo, estamos en paz"

POR UN VASO DE LECHE

Un día, caminando por las calles soleadas del hermoso puerto de Veracruz, un chico humilde empezó a sentir hambre, en su bolsa solo quedaba una moneda de diez centavos, metal con el cual no podía comprar ni siquiera un mísero chuco – pensó para sí. El pobre chamaco vendía mercancías de puerta en puerta para poder comprar los útiles para su escuela y ayudar a su pobre madrecita que se encontraba muy enferma. Decidió entonces que pediría algo de comer en la próxima casa. Sin embargo, la pena lo traicionaba, cuando iba a tocar la puerta de una de las casas, una encantadora joven abrió la puerta. Aparte de la pena empezó a sentir nervios ante aquella bella mujer y en lugar de pedir comida, pidió un vaso de agua. Ella, una chica intuitiva, adivino que el muchacho tenía hambre así que decidió traerle leche en vez de agua. Hambriento y sediento la bebió despacio, deleitándose y calmando su apetito, al terminar le preguntó, ¿Cuánto le debo?

- No me debes nada - contestó ella - Mi madre siempre nos ha inculcado a nunca aceptar pago por una caridad. ¿Y a esto como te llamas?
- Luis, mis amigos me dicen liche, ahora ¿Dígame puedo hacer algo por usted?

- No Liche, si gustas puedes venir a descansar un rato a la sombra.
- No, gracias tengo que llegar a mi escuela, se me hace tarde.
- Ya que no quiso que le pague, entonces:

"Se lo agradezco de todo corazón y que dios se lo pague"

- Ya está pagado, que el creador te acompañé – dijo la joven.

Cuando el muchacho partió de aquella casa, se sintió físicamente más fuerte, además su fe en Dios y en los hombres era diferente.

Años después, aquella bella joven que había ayudado al muchacho enfermó de gravedad. Los doctores de Veracruz estaban confundidos, no encontraban la razón de su mal. Decidieron enviarla a la ciudad de México para que fuera atendida por un especialista. Varios doctores se reunieron para estudiar el caso, había uno de ellos que pidió tratar a la paciente, el doctor se llamaba Luis Sánchez.

Cuando el doctor vio en el expediente que la paciente venia de Veracruz rápidamente vistió su bata y en seguida fue a presentarse, misteriosamente, una extraña luz ilumino sus ojos.

De pronto la reconoció, sin lugar a duda, se trataba de aquella mujer que un día le había "Alimentado con un vaso de leche'. Preparó todo su equipo cuidadosamente, decidió salvarle la vida, se encaminó hacia el cuarto de operaciones, un tumor cerebral amenazaba quitarle la vida. La cirugía había sido muy complicada, pero al paso de muchas horas la operación había resultado todo un éxito, desde ese día el especialista dio atención especial al caso. Después de una larga lucha, de quimioterapias la paciente había ganado la batalla. El Dr. Luis pidió a la oficina de administración del hospital le enviaran la factura de los gastos completa, para dar unas recomendaciones a la paciente. La revisó, escribió algo al final de la nota, la puso en un sobre y envió la factura al cuarto. Ella estaba muy temerosa de abrirla, sabía que podría ser un gasto elevadísimo imposible de pagar. Finalmente se dio ánimos y abrió el sobre, se le salían los ojos de sorpresa cuando vio el monto tan exagerado del cobro, más algo llamó su atención al final de la nota. Y leyó estas palabras...

La factura esta pagada por completo desde hace muchos años, con un vaso de leche... Dr. Liche Sánchez.
Lágrimas de alegría inundaron sus ojos y su corazón feliz oró así:

"Gracias, Cristo Jesús porque Tu amor se ha manifestado en las manos y los corazones humanos"

MORALEJA

"Recordemos que lo que sembramos, eso mismo cosechamos".

LOS TRES ANCIANOS

Una mujer salió de su casa y vio a tres ancianos sentados a un lado de su casa con largas barbas blancas. No los reconocía, no los había visto por aquí, ¡¡pienso que deben estar hambrientos!! – se decía.

- ¿Quieren entrar a la casa a comer algo?, tengo unas sabrosas albóndigas de pollo que acabo de cocinar con unas ricas tortillas recién salidas del comal.
- ¿Está el hombre de la casa, dentro? Preguntó uno de los ancianos.
- No - dijo ella - Él esta fuera.
- Entonces no podemos entrar – replicó el mismo anciano.

Una hora más tarde cuando el marido llegó, le contó lo que había ocurrido

- Ve a decirles que estoy en casa e invítalos a entrar – pidió el marido

La mujer salió de nuevo y volvió a invitar a los hombres.

- Nosotros no entramos juntos a la casa – dijeron los viejitos

- ¿Pero, por qué? - Quería saber ella.

- Mira a mi compañero, éste a la derecha, su nombre es Riqueza, ahora mira a éste otro a la izquierda, su nombre es

Éxito y yo soy el Amor – dijo uno de los vejetes - Como no puede entrar más que uno, ve y pregúntale a tu marido a cuál de nosotros invita a entrar a su casa.

La mujer regreso a su hogar y le dijo al marido como es que estaban las cosas, que solo uno de ellos podía entrar.

- Ya que este es el caso invitemos a Riqueza, déjalo entrar que tal y nos deja un gran tesoro - dijo el esposo.

Su mujer no estaba del todo de acuerdo.

- Querido por qué mejor no invitamos al Éxito.

Una de sus hijas estaba escuchando todo en la cocina de la casa

-No sería mejor invitar a Amorrrr, así nos invadiría la felicidad.

- Escuchemos el consejo de Isabel – dijo papá – ve fuera e invita a Amor para que sea nuestro huésped en la mesa.

La mujer salió corriendo y preguntó a los tres ancianos.

- ¿Quién de ustedes es Amor?, Por favor que entre, es el elegido como invitado de honor a nuestra mesa.

Se levantó Amor de su asiento y empezó a caminar en dirección a la casa, mientras, los otros dos se pararon y empezaron a caminar tras ellos.

La señora sorprendida aclaró y preguntó a Riqueza y Éxito.

- Yo solo invite a entrar a Amor, ustedes mismos dijeron que solamente podía entrar uno. ¿Por qué vienen?

Los tres ancianos contestaron al unísono:

- Si tu hubieras invitado a entrar a Riqueza o a Éxito, los otros dos nos hubiéramos quedado fuera, pero como invitaste a Amor, entraremos juntos, porque dondequiera que va el Amor nosotros lo acompañamos.

MORALEJA

Donde quiera que haya AMOR, también habrá ÉXITO y RIQUEZA.

EL BILLETE DE LOS 100 DOLARES

Pedro, se encontraba abatido, había sido despedido de su empleo apenas hacia algunas horas, para disipar sus penas, decidió meterse a un bar y calmar con tequila su dolor, se sentía defraudado, había entregado los mejores años de su vida a aquella empresa y ahora con las nuevas tecnologías le habían notificado que ya no era necesaria su presencia, se deshacían de él cómo trapo sucio, se encontraba sumido en sus pensamientos, no se dio cuenta que Manuel uno de sus mejores amigos y ex - compañero de trabajo se acercaba a su lado.

- ¿Hola Pedro que haces por aquí? – Preguntó Manuel, disimulando que no sabía nada.

- Me acaban de despedir del trabajo, ¿Te tomas una tequilita pa disipar las penas?

- Juega, por que no.

- Y a ti, ¿Que te trae por aquí?

- Tu hermana Camila, me llamó, ya sabes, ella sabe de la buena amistad que llevamos y pensó que te podía encontrar aquí, ella sabe cómo nos apoyamos en los momentos difíciles, acuérdate cuando a mi me despidieron, tu siempre estuviste apoyándome para no caer en la depresión o en la borrachera, ve tu a saber que hubiera sido de mí.

- Sí lo recuerdo, te agradezco que estés aquí.

En eso Manuel saco un billete de a cien y se lo mostró a pedro;
- Ves este billete, son 100 pesos, ¿Está bien cuidado?
- Si.

Entonces Manuel empieza a doblar el billete, lo arruga, lo estruja y lo deja todo maltratado.

- ¿Ves el billete, cuánto vale ahora?, así como este todo pal jodido.
- Cien pesos, lo mismo, no ha perdido su valor.

Manuel agarra el billete que había puesto en el mostrador todo arrugado y maltratado entonces, lo lanza al piso, lo pisotea con ganas, rabia y coraje, una, dos, tres, infinidad de veces, lo recoge más maltratado y vuelve a preguntar a Pedro.

- ¿Cuánto vale ahora el billete? está más dañado.
- Lo mismo, cien pesos, como no está rompido, solo maltratado, sigue manteniendo su valor.
- Pedro, debes saber que, aunque a veces algo no salga como uno quisiera, aunque la vida te arrugue, te maltrate, te pisotee, tú vas a seguir siendo tan valioso como siempre lo has sido... Solo debes preguntarte ¿Cuánto vales? y no lo golpeado que puedas estar – aconsejaba Manuel.

Pedro se quedó mirando a Manuel sin atinar pronunciar palabra alguna, mientras asimilaba el mensaje que estaba penetrando en su cerebro. Manuel puso el arrugado billete a su lado en la mesa y con una sonrisa de oreja a oreja, agregó:

- Toma para la cuenta, paga los tequilas... Pero, me debes un billete de 100 dólares.
- ¿Pero cómo voy a pagarte?
- Cuando tu ex - compañía me despidió a mí también, encontré otro buen empleo. Gracias a dios eh subido, con el tiempo y un ganchito, ahora eh llegado a ser el gerente, ¿Te gustaría ser parte de mi equipo?

Pedro miro el billete, sonrió, con renovada energía llamó al cantinero para pagar la cuenta... ¿Cuántas veces dudamos de nuestro propio valor, de que realmente merecemos más y que podemos conseguirlo si nos lo proponemos? Claro, no basta con el mero propósito... Se requiere acción, con el propósito no alcanza... Se que se puede y que existen innumerables caminos para conseguirlo.

MORALEJA "Hoy por ti, mañana por mi"

EL AVE FENIX Y TRES CONSEJOS

Un hombre caminaba en las alturas de los montes, amaba el aire libre, le encantaba admirar la fauna silvestre que abundaba en aquellos extensos matorrales y bosques frondosos, el olor a resino y plantas le daban energía para visitar periódicamente aquellos bellos lugares. En uno de aquellos viajes, caminando, entre los matorrales, alcanzo a ver algo que se movía, desconfiado retrocedió espantado pensando que podría ser alguna víbora, estuvo tratando de averiguar que realmente era, de pronto salió un pajarillo, estirando sus alas, se quedó boquiabierto, alcanzó a reconocer la clase de ave que tenía frente a si, una ave en vías de extinción, ni más ni menos que "el ave fénix", a contraluz pudo ver en su nido que había tres huevos , y sacó por conclusión que aquella ave salía a defender sus crías. Para su sorpresa no era así, el ave estaba tranquila se veía majestuosa, mirando con atención al hombre, entonces ésta empezó a hablar; dijo el ave:

-   Noble señor, has comido muchos bueyes y corderos, has sacrificado innumerables aves; y nunca has quedado saciado: ¿Tampoco lo vas a quedar conmigo? Déjame y vete, para compensarte te voy a dar tres consejos. El primer consejo te lo daré posada en tu mano, el segundo en tu tejado, y el tercero en un árbol.

Déjame posar en tu mano, para empezar, después yo te visitaré. Estos tres consejos te traerán la prosperidad. El primero, que ha de decirse en tu mano, es este: "No creas en todo lo que te cuenten".

Cuando el pájaro hubo enunciado el primer consejo en la palma de la mano, en seguida voló hacia su nido.

- Ahora vete y mañana iré y me posaré en el muro de tu casa, entonces te contaré el segundo consejo.

el hombre partió y al día siguiente muy de mañanita se levantó presuroso, ya el ave fénix le esperaba ansiosa.

- El segundo consejo es: No te aflijas por lo que ha pasado cuando ha pasado, y no sientas pesar. "En mi cuerpo hay escondida una enorme y preciosa perla, de medio kilo de peso.

- No, no es cierto – dijo el hombre sorprendido.

- Tan cierto como que estas vivo, esta joya era tu fortuna y la de tus hijos. Se te ha escapado, esta perla nunca te pertenecerá - Dijo el ave.

El hombre comenzó a gemir como una mujer en pleno parto, empezó a dar gritos a diestra y siniestra, parecía un alma en pena. Entonces el ave alzó la voz y dijo:

- acaso no te acabo de aconsejar, te acabo de decir que no te aflijas por lo que ha pasado, lo pasado, pasado es. ¿Por qué esos berrinches y enojos? Bien, veo que no has comprendido mi consejo o acaso ¿Eres sordo? En cuanto al primer consejo "No creas en todo lo que te cuenten". Oh, buen hombre, yo mismo no peso 500 gramos, ¿Como puede haber dentro de mi un peso mayor al mío?

Se recobró el hombre y dijo.

-   Oye está bien pues, ahora ¿Me puedes dar el tercer consejo?

Entonces dijo el ave.

- Has hecho tan mal uso de los otros dos que no veo por qué habría de darte el tercer consejo.

MORALEJA

Dar un consejo en vano a un ignorante, es sembrar en terreno baldío.

TRES FILTROS

Un discípulo visita a Sócrates y le dice:

- ¡Maestro! Quiero contarte como un amigo tuyo estuvo hablando mal de ti con malevolencia...

 Sócrates lo interrumpe diciendo:

 - ¡Espera! ¿Ya hiciste pasar a través de los Tres Filtros lo que me vas a decir?

¿Los Tres Filtros...?

- Sí - replico Sócrates - El primer filtro es la Verdad ¿Ya examinaste cuidadosamente si lo que me quieres decir es verdadero en todos los sentidos?

- No... Lo oí decir a unos vecinos...

- Pero al menos lo habrás hecho pasar por el segundo filtro, que es la Bondad: ¿Lo que me quieres decir es por lo menos bueno?

- No, en realidad no... Al contrario...

- ¡Ah! - interrumpió Sócrates. - Entonces vamos al último Filtro. ¿Es necesario que me cuentes eso?

- Para ser sincero, no.... Necesario no es.

- Entonces - sonrió el sabio - Si no es verdadero, ni bueno, ni necesario... sepultémoslo en el olvido...

MORALEJA

¿Tiene usted algo que decir a otra persona? Si lo va a hacer, piénselo antes de hablar.

ARBOL DE VIDA

Se cuenta que hace 2000 años en la cumbre de un monte en las tierras de Judea, tres pequeños arbolitos entablaban una discusión, sobre quien sería el mejor y soñaban lo que querían ser cuando fueran grandes, fuertes y robustos...

El primer arbolito alzó la vista hacia el cielo, mirando las estrellas dijo;

- Quiero guardar tesoros, quiero llegar a ser **un baúl** que siempre este repleto de piedras preciosas, joyas hermosas y guardar tesoros en abundancia. Quiero ser el baúl más hermoso del mundo.

El segundo arbolito miró a través del valle a un arroyo que fugazmente hacia su viaje hacia el océano y replicó;

- Quiero viajar a través de corrientes marinas embravecidas por los vientos de los mares y transportar a Reyes y Príncipes poderosos sobre mí. Yo seré **el navío** más imponente de la tierra.

el tercer arbolito miró el valle, bajo el monte, vio hombres y mujeres trabajando en un pueblo y dijo;

- No me quiero ir de la cima de la montaña nunca...quiero crecer muy, muy alto, tan alto que cuando la gente me mire, levanten su mirada hacia el cielo y piensen en Dios. Yo seré el árbol más grande e imponente de todo el universo.

Los años pasaron, aquellos arbolitos con las lluvias, el sol y sus raíces extendiéndose en busca de nutrientes en la tierra, comenzaron a crecer, convirtiéndose en unos robles fortificados…un día tres leñadores subieron a la cumbre del monte, dispuestos a talar árboles, uno de ellos vio el primer árbol y dijo;

- Que árbol tan precioso.

El hombre empezó a talar y a los pocos minutos el árbol yacía en el suelo

- Ahora sí, ya es el tiempo de que me conviertan en un hermoso baúl, donde guarde riquezas y tesoros maravillosos – dijo el árbol caído.

El segundo leñador vio el segundo árbol y dijo;

- Este árbol se ve muy fuerte y resistente, me gusta.

En minutos también ese árbol estaba en el suelo.

- En poco tiempo estaré listo para navegar los mares, seré el barco más poderoso que jamás existió – pensó el segundo árbol.

El tercer árbol sintió desfallecer, cuando el tercer leñador lo miró, se paró alto e imponente apuntando ferozmente hacia el cielo…El tercer leñador ni siquiera lo miró, solo atinó a decir.

- Cualquier árbol es bueno para mí.

En poco tiempo el árbol había sido víctima del hacha del leñador.

El primer árbol se emocionó tanto cuando el primer leñador lo llevó a una carpintería… Pero su decepción fue tan grande cuando el carpintero lo convirtió en una caja de alimento para animales de granja. Aquel hermoso árbol nunca pudo albergar tesoros, tampoco lo usaron para alimentar vacas hambrientas.

El segundo árbol, cuando el leñador lo llevó a un embarcadero, ningún barco_enorme o imponente fue construido ese día. Más bien fue convertido en un mísero barco de pesca de mediano tamaño, así que era demasiado chico para navegar los océanos y fue llevado a un tranquilo lago.

El tercer árbol se encontraba confundido pues el leñador lo había cortado para hacer maderos y fue y lo abandonó en un sucio almacén.

- Yo todo lo que quería era quedarme en la cumbre del monte y apuntar hacia dios – decía el tercer tronco.

Una noche obscura, una estrella empezó a brillar en el firmamento. Una joven mujer estaba dando luz a su hijito en un establo, la mujer desesperada pedía a su esposo buscar algo en que acomodar a su criatura para cubrirla del horrible frio nocturno. El hombre buscaba algo que hiciera de pesebre, fue así como encontró en una esquina del lugar, el que pensaba ser una caja para alimentar animales y pensó que era lo justo que estaba necesitando, inmediatamente colocó el pesebre con él bebe al lado de la madre. La mujer apretó la mano al esposo y sonrió, mientras la luz de la estrella alumbraba con toda su intensidad la cuna del bebe.

-   Es un pesebre muy hermoso – dijo la madre

En ese momento el primer árbol supo que en sus entrañas albergaba al tesoro más grande del mundo.

Pasaron los años, una tarde un viajero desconocido con túnica blanca y barba subió con sus amigos a un viejo bote de pesca. El viajero sintió sueno y se puso a dormir la siesta, mientras los amigos intentaban pescar algo, el segundo árbol (árbol) se iba adentrando en el lago. De pronto una aterradora tormenta llegó hacia el lago y empezó a mover el barco, el árbol (hecho barco) sabía que no iba resistir, la lluvia arreciaba. El hombre que dormía despertó por los gritos de miedo de sus amigos.

-   ¿Qué pasa, porque tanto arguende? – dijo el rabino.

- ¿No ves la tormenta? nos vamos a hundir – grito uno de los miedosos.
- Calma, calma – dijo el rabino extendiendo su mano hacia la tormenta.

En segundos la tormenta había pasado. En ese momento el segundo árbol (el barco) se dio cuenta que llevaba navegando en su interior al Rey de Reyes, al señor del cielo y la tierra.

Un viernes por la mañana el tercer árbol se extrañó, cuando sus troncos fueron tomados, por una docena de fieros soldados de aquel almacén sucio donde habían sido olvidados...Se asustó (el tercer árbol) cuando fue llevado ante una impresionante multitud enardecida que furiosos gritaban crucificadle, pedían que clavaran las manos del rabino en su madera. Se sintió triste, cruel y áspero.

El domingo por la mañana, el sol brillo, la tierra tembló, el mundo se oscureció y en ese momento el tercer árbol supo que el amor de dios por sus hijos, desde ese momento cambiaba todo. El tercer árbol se sintió fuerte sabía que había tenido entre sus brazos al divino cristo Jesús y...Eso era mejor que ser el árbol más alto del mundo.

MORALEJA

Cuando te sientas triste, cansada, deprimida/o porque no obtuviste lo que quisiste, siéntete firme y feliz porque dios tiene un plan para ti.

QUE BRILLE TU ALMA

Había una vez un Rey que tenía cuatro esposas. Él amaba a su cuarta esposa más que a las demás y la adornaba con ricas vestiduras y la complacía con las delicadezas más finas. Sólo le daba lo mejor.

También amaba mucho a su tercera esposa y siempre la exhibía en los reinos vecinos. Sin embargo, temía que algún día ella se fuera con otro. También amaba a su segunda esposa. Ella era su confidente y siempre se mostraba bondadosa, considerada y paciente con él. Cada vez que el Rey tenía un problema, confiaba en ella para ayudarle a salir de los tiempos difíciles.

La primera esposa del Rey era una compañera muy leal y había hecho grandes contribuciones para mantener tanto la riqueza como el reino del monarca. Sin embargo, él no amaba a su primera esposa y aunque ella le amaba profundamente, apenas él se fijaba en ella. Un día, el Rey enfermó y se dio cuenta de que le quedaba poco tiempo. Pensó acerca de su vida de lujo y despilfarro:

- Ahora tengo cuatro esposas conmigo, pero, Cuando muera, estaré solo - Se decía para sí - Así que **le preguntó a su cuarta esposa**:

- Te he amado más que a las demás, te he dotado con las mejores vestimentas y te he cuidado con esmero. Ahora que estoy muriendo, ¿Estarías dispuesta a seguirme y ser mi compañía?
- Ni pensarlo - Contestó la cuarta esposa y se alejó sin decir más.

Su respuesta penetró en su corazón como cuchillo filoso. Entonces el entristecido monarca le **preguntó a su tercera esposa:**

- Te he amado toda mi vida. Ahora que estoy muriendo, ¿Estarías dispuesta a seguir me y ser mi compañía?
- No - Contesto su tercera esposa – La vida es demasiado buena, Cuándo mueras, pienso volverme a casar.

Su corazón experimentó una fuerte sacudida y se puso frio.
Entonces preguntó a su segunda esposa:

- Siempre he venido a ti por ayuda y siempre has estado allí para mí. ¿Cuándo muera, estarías dispuesta a seguirme y ser mi compañía?
- Lo siento, no puedo ayudarte esta vez - contestó la segunda esposa - Lo más que puedo hacer por ti es enterrarte.

Su respuesta vino como un relámpago estruendoso que devastó al Rey. Entonces escuchó una voz:

- Me iré contigo y te seguiré a donde quiera que vayas.

El Rey dirigió la mirada en dirección de la voz y allí estaba su primera esposa. Se veía tan delgaducha, sufría de desnutrición. Profundamente afectado, el monarca dijo:

- Debí haberte atendido mejor cuando tuve la oportunidad de hacerlo.

En realidad, todos tenemos cuatro esposas en nuestras vidas.

Nuestra cuarta esposa es nuestro cuerpo. No importa cuánto tiempo y esfuerzo invirtamos en hacerlo lucir bien, nos dejará cuando muramos.

Nuestra tercera esposa son nuestras posesiones, condición social y riqueza. Cuando muramos, irán a parar a otros.

Nuestra segunda esposa es nuestra familia y amigos. No importa cuánto nos hayan sido de apoyo, lo más que podrán hacer es acompañarnos hasta el sepulcro.

Y nuestra primera esposa es nuestra alma, frecuentemente ignorada en la búsqueda de la fortuna, el poder, los placeres y el ego. Sin embargo, nuestra alma es la única que nos acompañará donde quiera que vayamos.

MORALEJA

Así que, cultívala, fortalécela y cuídala. Es el más grande tesoro que puedes ofrecerle al mundo. Déjala brillar.

QUE VIVA LA ESPERANZA

Cuatro velas se estaban consumiendo tranquilamente. El ambiente estaba tan silencioso que se podía oír el diálogo entre ellas. La primera decía:

- Yo soy la paz, a pesar de mi Luz, las personas no consiguen mantenerme encendida - Y disminuyendo su llama, se apagó.

La segunda dice:

- Yo me llamo Fe, infelizmente soy superflua para las personas. Porque ellas no quieren saber de Dios, por eso no tiene sentido continuar quemándome - Al terminar sus palabras, un viento se abatió sobre ella, y esta se apagó.

En voz baja y triste la tercera vela se manifestó:

- Yo soy el Amor no tengo más fuerzas que quemar. Las personas me dejan de lado porque solo consiguen manifestarse para ellas mismas; se olvidan hasta de aquéllos que están a su alrededor.

Y también se apagó.

De repente entró una niña y vio tres velas apagadas ¿Qué es esto? Ustedes deben estar encendidas y consumirse hasta el final. Entonces la cuarta vela, hablo:

- No tengas miedo niño, mientras yo esté encendida, podremos encender las otras velas.

Entonces la niña tomó la vela de la Esperanza y encendió nuevamente las que estaban apagadas.

MORALEJA

Que la vela de la Esperanza nunca se apague dentro de nosotros.

EL RELOJ DEL MINERO

Seis mineros trabajaban en un túnel muy profundo extrayendo minerales desde las entrañas de la tierra. De repente un derrumbe los dejó aislados, sellando la salida del túnel. En silencio cada uno miró a los demás. Con su experiencia, se dieron cuenta rápidamente de que el gran problema sería el oxígeno. les quedaban cuando mucho dos horas y media. Mucha gente de afuera sabría que ellos estaban allí atrapados, pero un derrumbe como este significaría horadar otra vez la mina para llegar hasta ellos, ¿Podrían hacerlo antes de que se terminara el aire? Se preguntaban. Los mineros decidieron que debían ahorrar todo el oxígeno posible. Acordaron hacer el menor desgaste físico, apagaron las lámparas y se tendieron en silencio en el suelo. Enmudecidos por la situación e inmóviles en la oscuridad era difícil calcular el paso del tiempo. desafortunadamente sólo uno de ellos tenía reloj. Hacia él iban todas las preguntas: ¿Cuánto tiempo pasó? ¿Cuánto falta? ¿Y ahora? El tiempo se estiraba, y la desesperación ante cada respuesta agravaba aun más la tensión. El jefe de mineros se dio cuenta de que, si seguían así, la ansiedad los haría respirar más rápidamente y, esto los podía matar. Así que ordenó al que tenía el reloj que solamente él controlara el paso del tiempo. Nadie haría más preguntas, él avisaría a todos cada media hora. Cumpliendo la orden, el del reloj controlaba el tiempo. Y cuando la primera media hora pasó, él dijo

- Ha pasado media hora.

Hubo temor y angustia entre ellos. El hombre del reloj se dio cuenta de que a medida que pasaba el tiempo, iba a ser cada vez más terrible comunicarles que el minuto final se acercaba. Sin consultar a nadie decidió que ellos no merecían morir sufriendo. Así que la próxima vez que informó la media hora, habían pasado en realidad 45 minutos.

No había manera de notar la diferencia así que nadie siquiera desconfió. Apoyado en el éxito del engaño la tercera información la dio casi una hora después. Dijo

- Pasó otra media hora...

y los cinco creyeron que habían pasado encerrados, en total, una hora y media y todos pensaron en cuán largo se les hacía el tiempo. Así siguió el del reloj, a cada hora completa les informaba que había pasado media hora....

La cuadrilla apuraba la tarea de rescate, sabían en qué cámara estaban atrapados, y que sería difícil poder llegar antes de cuatro horas. Llegaron a las cuatro horas y media. Lo más probable era encontrar a los seis mineros muertos.

Encontraron vivos a cinco de ellos. Solamente uno había muerto de asfixia... el que tenía el reloj.

MORALEJA

Los cinco mineros creían que apenas y llevaban dos horas de tiempo dentro del túnel, sabían o creían que aún tenían oxígeno, para subsistir otros 30 minutos y resistieron hasta el final. El minero del reloj se autoengaño y al tiempo que le habían dicho que iba a terminar el aire, a él se le termino.

SABIA VIRTUD DE APROVECHAR EL TIEMPO

Entre más envejezco, más disfruto de las mañanas de sábado. Tal vez es la quieta soledad que viene con ser el primero en levantarse, o quizá el increíble gozo de no tener que ir al trabajo... de todas maneras, las primeras horas de un sábado son en extremo deleitosas. Hace unas cuantas semanas, me dirigía hacia mi equipo de radioaficionado en el sótano de mi casa, con una humeante taza de café en una mano y el periódico en la otra. Lo que comenzó como una típica mañana de sábado, se convirtió en una de esas lecciones que la vida parece darnos de vez en cuando...Déjenme contarles: Sintonicé mi equipo de radio a la porción telefónica de mi banda, para entrar en una red de intercambio de sábado en la mañana. Después de un rato, me topé con un compañero que sonaba un tanto mayor. Él le estaba diciendo a un conocido algo acerca de "mil canicas". Quedé intrigado y me detuve para escuchar lo que decían:

- Bueno, Tom, de veras que parece que estás ocupado con tu trabajo. Estoy seguro de que te pagan bien, pero es una lástima que tengas que estar fuera de casa y lejos de tu familia tanto tiempo. Es difícil imaginar que un hombre joven tenga que trabajar sesenta horas a la semana para sobrevivir, déjame decirte algo, Tom, algo que me ha ayudado a mantener una buena perspectiva sobre mis propias prioridades... Entonces empezó a explicar su teoría sobre las "mil canicas". -- Veras, me senté un día e hice algo de aritmética. La persona promedio vive unos setenta y cinco años. Yo sé, algunos viven más y otros menos, pero en promedio, la gente vive unos setenta y cinco años. Entonces, multipliqué 75 años por 52 semanas por año, y obtuve 3,900, que es el número de sábados que la persona promedio habrá de tener en toda su vida. Mantente conmigo, Tom, que voy a la parte importante. Me tomó hasta que casi tenía cincuenta y cinco años pensar todo esto en detalle - continuó - y para ese entonces, con mis 55 años, ¡¡¡ya había vivido más de dos mil ochocientos sábados!!! Me puse a pensar que, si llegaba a los setenta y cinco años, sólo me quedarían unos mil sábados más que disfrutar. Así que fui a una tienda de juguetes y compré cada canica que tenían. Tuve que visitar tres tiendas para obtener 1,000 canicas. Las llevé a casa y las puse en una fuente de cristal transparente, junto a mi equipo de radioaficionado. Cada sábado a partir de entonces, he tomado una canica y la he tirado. Descubrí que al observar cómo disminuían las canicas, me enfocaba más sobre las cosas verdaderamente importantes en la vida. No hay nada como ver cómo se te agota tu tiempo en la tierra, para ajustar y adaptar tus prioridades en esta vida. Ahora déjame decirte una última cosa antes que nos desconectemos y lleve a mi bella esposa a desayunar. Esta mañana, saqué la última canica de la fuente de cristal... y entonces, me di cuenta de que, si vivo hasta el próximo sábado, entonces me habrá sido dado un poquito más de tiempo y vida.

Me gustó conversar contigo, Tom, espero que puedas estar más tiempo con tu familia y espero volver a encontrarnos aquí en la banda. Hasta pronto, se despide "el hombre de 75 años ", cambio y fuera, ¡buen día!".

Uno pudiera haber oído caer un alfiler en la banda cuando este amigo se desconectó. Creo que nos <u>dio</u> a todos en qué pensar. Yo había planeado trabajar en la antena aquella mañana, y luego iba reunirme con unos cuantos radioaficionados para preparar la nueva circular del club...En vez de aquello, subí las escaleras y desperté a mi esposa con un beso - Vamos, querida, te quiero llevar a ti y los muchachos a desayunar fuera...

- ¿Qué pasa? - preguntó sorprendida.

- Nada; es que no hemos pasado un sábado junto con los muchachos en mucho tiempo. Por cierto, ¿Pudiésemos parar en la tienda de juguetes mientras estamos fuera? Necesito comprar algunas canicas...

Nos acostumbramos a vivir en departamentos y a no tener otra vista que no sea las ventanas de alrededor. Y porque no tiene vista, luego nos acostumbramos a no mirar para afuera. Y porque no miramos para afuera luego nos acostumbramos a no abrir del todo las cortinas. Y porque no abrimos del todo las cortinas luego nos acostumbramos a encender más temprano la luz. Y a medida que nos acostumbramos, olvidamos el sol, olvidamos el aire, olvidamos la amplitud. Nos acostumbramos a despertar sobresaltados porque se nos hizo tarde. A tomar café corriendo porque estamos atrasados. Comer un sándwich porque no da tiempo para comer a gusto. A salir del trabajo porque ya es tarde. A cenar rápido y dormir pesados sin haber vivido el día. Nos acostumbramos a esperar el día entero y oír en el teléfono: "hoy no puedo ir". A sonreír para las personas sin recibir una sonrisa de vuelta. A ser ignorados cuando precisábamos tanto ser vistos. Si el cine está lleno, nos sentamos en la primera fila y torcemos un poco el cuello. Si la playa está contaminada, sólo mojamos los pies y sudamos el resto del cuerpo. Si el trabajo está duro, nos consolamos pensando en el fin de semana. Y si el fin de semana no hay mucho que hacer vamos a dormir temprano y quedamos satisfechos porque siempre tenemos sueño atrasado. Nos acostumbramos a ahorrar vida. Que, de poco a poquito, igual se gasta y que una vez gastada, por estar acostumbrados, nos perdimos de vivir.

MORALEJA

"La muerte esta tan segura de su victoria, que nos da toda una vida de ventaja"

CASOS Y COSAS DE LA VIDA REAL

Esto escribió Anthony Bourdain sobre México, su gastronomía y su incómoda relación con EUA:

"Pasé la mayor parte de mi vida como cocinero trabajando con mexicanos.

En casi todas las cocinas en las que tropecé, desorientado y temeroso, fue un mexicano quien me cuidó y me mostró cómo hacer todo.

Las recientes expresiones vertidas en mi país en las que los mexicanos son llamados violadores y traficantes de drogas me dan ganas de vomitar de la vergüenza.

Los estadounidenses aman la comida mexicana. Consumimos grandes cantidades de nachos, tacos, burritos, tortas, enchiladas, tamales y todo lo que parezca mexicano.

Nos encantan las bebidas mexicanas y tomamos enormes cantidades de tequila, mezcal y cerveza mexicana cada año. Nos encantan los mexicanos, ciertamente empleamos a enormes cantidades de ellos.

A pesar de nuestras actitudes ridículamente hipócritas hacia la inmigración, exigimos que los mexicanos cocinen un gran porcentaje de los alimentos que comemos, que cultiven los ingredientes que necesitamos para hacer esa comida, que limpien nuestras casas, corten nuestro césped, laven nuestros platos, cuiden a nuestros hijos.

Como cualquier chef les dirá, toda nuestra industria de servicios -el negocio de los restaurantes tal como lo conocemos- colapsaría de la noche a la mañana en la mayoría de las ciudades estadounidenses sin trabajadores mexicanos.

A algunos, por supuesto, les gusta afirmar que los mexicanos están "robando empleos estadounidenses". Pero en dos décadas como chef y empleador nunca me pasó que un chico estadounidense entrara por mi puerta y solicitara un puesto de lavaplatos, de porter o incluso un trabajo como cocinero de comida precocinada.

Los mexicanos hacen gran parte del trabajo en este país que los estadounidenses, de manera demostrable, simplemente no harán.

México. Nuestro hermano de otra madre. Un país con el cual, queramos o no, estamos inexorablemente comprometidos en un cercano, aunque frecuentemente incómodo, abrazo. Míralo. Es hermoso. Tiene algunas de las playas más deslumbrantemente bellas del mundo. Montañas, desiertos, selvas.

Una bella arquitectura colonial y una trágica, elegante, violenta, absurda, heroica, lamentable y descorazonadora historia. Las zonas vinícolas de México compiten con la Toscana en hermosura. Sus sitios arqueológicos, los restos de grandes imperios, sin paralelo en ninguna parte.

Y, por mucho que pensemos que la conocemos y amamos, apenas hemos rasguñado la superficie de lo que realmente es la comida mexicana. No es queso derretido sobre una tortilla. No es simple ni fácil.

Una verdadera salsa de mole, por ejemplo, puede requerir DÍAS para hacer, un balance de ingredientes frescos (siempre frescos), meticulosamente preparados a mano. Podría ser, debería ser, una de las cocinas más excitantes del planeta.

Si prestamos atención. Las antiguas escuelas de cocina de Oaxaca hacen algunas de las salsas más difíciles y con más matices de la gastronomía. Y algunos en las nuevas generaciones, muchos de los cuales han sido entrenados en las cocinas de Estados Unidos y Europa han regresado a su país para llevar a la comida mexicana a nuevas y emocionantes alturas.

En los años que llevo haciendo televisión en México, este es uno de los lugares donde nosotros, como equipo, somos más felices cuando termina el día de trabajo. Nos reuniremos alrededor de un puesto callejero y pedimos tacos suaves con salsas frescas, brillantes y deliciosas.

Bebemos cerveza mexicana fría, sorbemos mezcal humeante, escuchamos con ojos húmedos a las canciones sentimentales de los músicos callejeros. Miraremos alrededor y destacaremos por centésima vez, qué lugar extraordinario es este."

CANJES DE UN LABRADOR

El sol lanzaba sus rayos fuertes sobre aquellos campos, listos para la siembra, un labrador secaba su frente con su pañuelo después de largas horas de trabajo continuo, los bueyes uncidos a la yunta caminaban lentamente mostrando el cansancio que sentían. El labrador avanzaba en línea recta, trazándola con excelente exactitud, cuando de pronto el arado se botó hacia arriba en señal de que había topado con algo en el subsuelo. Una piedra pensó el campesino, volvió a clavar el arado al suelo y volvía a topar con la "Piedra", lo sesgaba tratando de evadir algo que parecía demasiado grande y no podía, finalmente después de varios intentos se dio por vencido, movió los animales y el arado hacia un lado para poder echar un vistazo. Casi se va de espaldas cuando vio unas monedas de oro brillar con el sol de donde había sacado el arado y dijo para sí:

- ¿Dios mío que es esto?

Empezó a escarbar emocionado alrededor de las monedas, conforme más escarbaba seguían saliendo monedas y astillas de madera. Al poco rato había desterrado un baúl mediano con gran cantidad fabulosa de monedas de oro. Estuvo pensando que hacer, no quería que los habitantes de su comunidad se enteraran, podía despertar la avaricia y perder su vida. Decidió poner el baúl en un costal que servía de arnés, ese día decidió que sus labores habían terminado, llevó a los animales a un lugar sombreado de la parcela, los alimentó y marchó emocionado con su valiosa carga en su espalda. No se dio cuenta que unos ojos extraños a lo lejos habían estado observando todas las maniobras, tampoco se dio cuenta que le seguían los pasos y observaban sus movimientos. Tenía a su esposa y tres hijos en casa, quiso ser discreto no diciéndoles nada. El costal "con su tesoro" había decidido enterrarlo en un baldío abandonado detrás de su casa, junto a un árbol enorme, solo tomaría lo necesario para alimentar y educar a su familia por un buen tiempo, de esa manera nadie sospecharía que había encontrado una gran fortuna. Cada movimiento seguía siendo vigilado por un extraño personaje. El labrador empezó a vivir mejor, ya no se mal pasaba, empezó a contratar maquinaria para sembrar su tierra, compraba alimentos y ropa decente a su familia. Curiosamente uno de sus hermanos que había vivido humildemente toda su vida también mejoró enormemente su situación económica, a lo que el labrador no dio mucha importancia.

Pasó el tiempo y el labrador envejeció, repentinamente enfermo, sus hijos ya estaban a punto de terminar sus carreras, un día de aquellos decidió contarles lo de las monedas, para que se las repartieran equitativamente sabiendo que el estaba a punto de morir, les dijo lugar y señas donde escarbar y les aconsejó que no pelearan entre sí. En cuanto murió el labrador, los tres hijos fueron a desenterrar su fortuna, sacaron con cuidado el costal con el baúl y al abrirlo. ¡Sorpresa! No había ninguna moneda, el baúl estaba lleno de carbón. Entonces dijeron los chavos

- Lo que toca, toca, y lo que no toca, no toca, la fortuna que tenemos es la educación que nos dio el viejo, es lo que nos va a sacar adelante.

Sin resentimientos ni enojo se sacudieron el polvo, dieron la vuelta y se marcharon. Sin enterarse que aquel baúl en realidad si les había sido muy útil. Gracias a él tenían su educación.

BUEN SAMARITANO

Un día soleado de verano un anciano caminaba con su nieto por el monte, tenían que caminar un largo trecho para ir de visita con una hija de aquel hombre, el pequeño era tierno de edad andaba cumpliendo sus ocho primaveras juntos platicando avanzaban por aquel sendero lleno de grandes pastizales y arroyos de aguas cristalinas dirigiéndose hacia los verdes valles. A medio camino se encontraron con un hombre en sentido contrario, este un poco nervioso paró y preguntó al anciano:

- ¿Disculpe buen hombre es usted residente de la ciudad que se ve allá a lo lejos?
- ¿Si, como le podemos ayudar? – respondió el anciano.
- Verá vengo de Hostotipaquillo, allí trabajaba un poco a disgusto porque la gente es muy quejosa, querían pagarme muy poco, a cambio de mucho trabajo, no hay mucho de donde elegir, además el trabajo es muy duro. Cree usted, ¿Que encuentre trabajo por allá en su ciudad?

El chamaco solo observaba callado la plática.

- No joven, a decir verdad, no creo que encuentre trabajo allá - dijo el anciano.

- Pero ¿por qué no? Es una ciudad muy grande – dijo el joven.

- Es que da la casualidad de que allí también el trabajo es muy duro, y mucha gente no quiere pagar bien, también hay gente quejosa muchacho, no creas, nada es fácil, además hay mucha competencia. Pero tu decides si es que quieres tratar.

- No mejor me sigo de largo y veo si en un pueblo más pequeño puedo encontrar algo. Gracias buen hombre por su consejo.

- Que dios le acompañe y le proteja.

- Pobre hombre, abuelo – dijo el niño.

- ¡Si hijo pobre hombre!

Siguieron su camino agotador, dos kilómetros adelante se encontraron con otro cristiano.

- Buen día tengan caballeros – dijo el cristiano – perdonen que interrumpa su camino, vengo de un pueblecito que se llama Hostotipaquillo, un hermoso lugar donde todos sus parroquianos son muy amables y serviciales, resulta que tiene un tiempo que he trabajado muy a gusto allí lo he hecho de plomero, albañil, carpintero, electricista o sea un mil usos, para vivir una vida decente. Resulta que conocí a una hermosa morena de aquella ciudad lejana que es de donde creo vienen.

- Si señor no está equivocado de allí venimos. ¿Cómo le podemos ayudar?

- Bueno pues he decidió hacer vida con la mujer y quiero complacerla viviendo con ella cerca de su familia. ¿Usted cree que pueda encontrar trabajo en esa linda ciudad?

- Claro que sí, estoy seguro de que no tardará mucho en encontrar un buen empleo – Dijo el anciano.

Al chamaco se le salían los ojos por la sorpresa.

- Muchísimas gracias y que dios les pague por su buen consejo – dijo el cristiano.

- Esta pagado, que dios le acompañe – dijo el viejecito.

Mientras el muchacho un tanto sorprendido preguntó.

- Oye abuelo nos encontramos a dos hombres, a uno lo aconsejaste mal y a el otro bien. ¿por qué? – quería saber el chico.

- Mira hijo a los dos los aconsejé según mi entendimiento, el primer hombre venía con ganas de no encontrar trabajo, muy negativo, sin motivación, hay gente que todo lo ve negro, aunque el sol este brillando en toda su plenitud, el primer hombre se movía entre penumbras, con dudas y falto de carácter. Mientras que el segundo era todo lo contrario, seguro, trabajador, preparado, actitud positiva, apreciaba su trabajo y a la gente. ¿Aun crees que di un mal consejo?

- No abuelo, veo que eres muy sabio. Por eso eres mi abuelo.

- Vaaa... ¡Este escuincle! – y le lanzó una mirada amorosa.

A LAS ESCONDIDILLAS

Hubo una reunión cumbre de todos los sentimientos y cualidades del hombre. Se reunieron en una playa paradisiaca de la tierra. Había empezado la reunión,

Cuando El aburrimiento ya había bostezado tres veces. La locura, tan loca como siempre, propuso:

— ¿Jugamos a las escondidillas?

La intriga movió la ceja intrigada y La curiosidad sin poder contenerse preguntó:

— ¿A las escondidillas? ¿Y cómo es eso?

— Es un juego - dijo La locura - en el que yo me tapo la cara y comienzo a contar desde uno hasta cien mientras ustedes se esconden y cuando yo haya terminado de contar, el primero de ustedes que encuentre ocupará mi lugar para continuar el juego, pero primero tengo que encontrar a los demás.

El entusiasmo bailó de gusto secundado por La euforia, La alegria dio tantos saltos que terminó por convencer a La duda y a La apatía, a la que nunca le interesaba nada.

Pero no todos querían participar, La verdad prefirió no esconderse. ¿Para qué?, al final siempre la hallaban, y La soberbia opinó que era un juego muy tonto (en el fondo lo que le molestaba era que la idea no hubiese sido de ella) y La cobardía prefirió no arriesgarse...

— Uno, dos, tres... Comenzó a contar La locura. La primera en esconderse fue La pereza, que como siempre se dejó caer tras la primera piedra del camino. La fe subió al cielo y La envidia se escondió tras la sombra del Triunfo, que con su propio esfuerzo había logrado subir a la copa del árbol más alto.

La generosidad casi no alcanzaba a esconderse, cada sitio que hallaba le parecía maravilloso para alguno de sus amigos, que sí ¿Un lago cristalino? ideal para La belleza. Que sí la ¿Hendidura de un árbol? Perfecto para La timidez. Que sí el ¿Vuelo de la mariposa? lo mejor para La voluptuosidad. Que sí ¿Una ráfaga de viento? magnifico para La libertad. Así LA Generosidad terminó por ocultarse en un rayito de sol. El egoismo, en cambio encontró un sitio muy bueno desde el principio, ventilado, cómodo... pero sólo para él. La mentira se escondió en el fondo de los océanos (mentira, en realidad se escondió detrás del arco iris) y La pasión y El deseo en el centro de los volcanes. El olvido... se me olvidó donde se escondió... Pero eso no es lo importante. Cuando La locura llevaba contados 99, El amor aún no había encontrado sitio para esconderse, pues todo se encontraba ocupado... Hasta que vio un rosal y enternecido decidió esconderse entre sus pétalos y flores. - Cien - contó La locura y comenzó a buscar.

La primera en aparecer fue LA Pereza sólo a tres pasos de una piedra. Después encontró a La fe discutiendo con Dios en el cielo sobre teología, a La pasión y El deseo los dividió en el vibrar de los volcanes. En un descuido encontró a La envidia y claro, así pudo deducir donde estaba El triunfo.

El egoismo no tuvo ni que buscarlo, él solito salió disparado de su escondite que había resultado ser un nido de avispas. De tanto caminar y caminar sintió sed y al acercarse al lago descubrió a La belleza y con La duda resulto más fácil todavía, pues la encontró sentada sobre una cerca sin decidir aún de qué lado esconderse. Así fue encontrando a todos, Al talento lo encontró entre la hierba fresca del campo, a La angustia en una oscura cueva, a La mentira detrás del arcoíris... (mentira, estaba en el fondo del océano) y hasta El olvido que ya se le había olvidado que estaba jugando a los escondidos. Sólo El amor no aparecía por ningún sitio. La locura buscó detrás de cada árbol, bajo cada arroyuelo del planeta, en la cima de los montes y montañas y cuando estaba a punto de darse por vencido, encontró un rosal con sus rosas... Tomó una horquilla y empezó a mover las ramas, de pronto un doloroso grito se escuchó.

Las espinas habían herido en los ojos Al amor; La locura no sabía qué hacer para disculparse, lloró, rogó, imploró, pidió perdón y hasta prometió ser su lazarillo. Desde entonces; desde que por primera vez se jugó a las escondidillas en la tierra: El Amor es ciego y La locura siempre lo acompaña.

UN ACROBATA, UNA CHICA

Un hombre y una chica huérfana se habían especializado en un número circense que consistía en que la niña trepaba por un largo palo que el hombre sostenía sobre sus hombros. La prueba no estaba exenta de riesgos y por eso el hombre le indico a la joven:

- Mira, para evitar que pueda ocurrir un accidente, lo mejor será que, mientras hacemos el número, yo me ocupe de lo que tú estás haciendo y tú te ocupas de lo que hago yo, de ese modo no correremos peligro.

La chica desorientada se quedó mirando fijamente al hombre y replicó:

- No, no, eso no es así. Tú te ocupas de ti, Yo me ocupo de mí y estando cada uno atento a su tarea, evitaremos cualquier accidente.

MORALEJA:

Permanezca atento y vigilante de usted y libre sus propias batallas en lugar de intervenir en las de otros. Así avanzara más seguro.

SI PIENSAS

Si piensas que estas vencido, lo estas.

Si piensas que no te atreves, no lo harás.

Si piensas que puedes ganar, ganarás.

Si piensas que perderás, ya has perdido.

 Porque en el mundo encontrarás que el éxito comienza con la voluntad del hombre. Todo está en la actitud. Porque muchas carreras se han perdido antes de haberse corrido. Y muchos cobardes han fracasado antes de haber empezado.

- Piensa en grande y tus hechos crecerán.

- Piensa en pequeño y quedarás atrás.

- Piensa que puedes y podrás.

- Todo está en la actitud mental.

- Si piensas que estas aventajado, lo estas.

- Tienes que pensar y ser positivo.

- Tienes que estar seguro de ti mismo antes de intentar ganar un premio.

- La batalla de la vida no siempre la gana el más fuerte o el más rápido. Tarde o temprano, gana el que cree que puede hacerlo.

A PESAR DE TODO

A pesar de todo hoy reiré…reiré a carcajadas, reiré del destino, al fin y al cabo, no lo puedo cambiar, más, si me puedo transformar. Reiré a la vida para que alargue mi vivir, reiré continuamente para ahuyentar la amargura, pediré a dios fortaleza para tener animo cada día. Por eso hoy he decidido que el reír será parte de mi carácter y personalidad.

A pesar de todo hoy voy a soñar…voy a soñar en grande, voy a soñar que todo se puede, voy a esforzarme con ser mejor cada día, voy a soñar que soy un guerrero que nunca se da por vencido que podré tener caídas, pero siempre tendré recursos para poder levantarme y seguir adelante.

A pesar de todo lucharé…lucharé cuando el desánimo, la frustración, el enojo o la ira me invadan, me sobrepondré y estaré dispuesto a luchar y dar lo mejor de mi en cada tarea que tenga que ejecutar. Luchare por ver feliz a mi familia, luchare por hacer de este mundo un mundo mejor, luchare por ayudar al desprotegido, lucharé, lucharé, lucharé…

A pesar de todo insistiré…Insistiré en corregir lo que se esté haciendo erróneamente, insistiré en cambiar lo que se tenga que cambiar, insistiré y pediré que siempre seamos luz para nuestros semejantes, insistiré en buscar la vida eterna y la felicidad.

A pesar de todo gozaré... gozaré cuando en un bosque escuche el trinado de los pajarillos, gozaré viendo a la chuparroza succionar la fresca y dulce miel de las flores del campo, gozaré cuando vea a un niño inocente sonreírle a la vida, gozaré al escuchar aquella dulce melodía que tan buenos recuerdos me trae, y también gozaré por contemplar el mar y las estrellas en una hermosa noche de verano.

A pesar de todo intentaré...lo intentaré con ánimo e ímpetu, escudriñaré en mi interior para preguntar al señor cual es mi propósito en la vida. Intentare dar paz y alegrías a mis semejantes, dar ejemplo y educación a quien me necesite. Intentaré luchar por mis principios y por los de otros si es necesario, intentaré apoyar y buscar soluciones a problemas humanitarios, intentaré vivir sin tantas preocupaciones mundanas. y tu que tienes que decir a esto?, si a ti me dirijo tu que estas leyendo estas líneas.

A pesar de todo seré agradecido...agradeceré por recibir vida, me hincaré ante dios y pediré perdón si le he ofendido, seré agradecido por tener luz, viento, agua, tierra y fuego. Daré gracias por tener un lugar donde vivir, viajar, jugar, soñar, hasta pelear. Seré agradecido con dios por recibir tantas bendiciones, además de las que les ha otorgado a los demás hermanitos de todo el planeta. Nunca será tarde para ser agradecido.

SE VALE

Como buen guanajuatense después de muchos ayeres hasta ahora me estoy dando cuenta de porque allá en México cada estado tiene su tradición, para decirte amigo, por ejemplo, en el estado de Coahuila te dicen "qui hubo buey", como por allá cursé mis estudios universitarios por cinco largos años, nunca me acostumbré, que caray. En el estado de guerrero (allá por las playas paradisiacas de Ixtapa Zihuatanejo) para decirte amigo te dicen "Que tal zanca" ¡Zanca! tampoco me gusto, durante los cinco años que estuve por allá, claro que lo que si me gusto fue el sol, las playas y la arena. Luego ya viejón llego acá a mi estado natal Guanajuato y al primer amigo que me encuentro me dice "Que tal vale", a no, le dije, a mi no me dices vale, si quieres que sigamos siendo amigos, me vas a decir "Valedor", no velador, y "Valedor", me gusto.

Hoy te vas a enterar para qué sirve el vale…

Se vale bailar…Se vale que muevas las carnes, se oye feo, pero desestresa los músculos, se liberan endorfinas que te ayudan a sentirte a gusto y relajado o relajada, además estas haciendo ejercicio y hasta puedes perder peso, que tal. A bailar se ha dicho.

Se vale reír… se vale mostrarle tu mejor sonrisa al mundo, no es cierto que cuando mas sonríes se te hacen más arrugas, son patrañas, carcajéate y sonríe para que sanes tu alma por dentro.

Se vale aplaudir...aplaude a detalles pequeños, exprésate, asle saber a tus hermanos, padres, hijos y toda tu familia que sus logros son importantes y apláudales, muestrales que te interesan para que coseches su amor.

Se vale jugar...

Se vale cantar.

Se vale ser papa.

Se vale ser mama.

AFERRATE

Aférrate a la fe porque es la fuente de la creencia de que todo es posible. Es la fibra y la fortaleza de un alma confiada.

Aférrate a la esperanza porque destierra la duda y da lugar a actitudes positivas y alegres.

Aférrate a la confianza porque se encuentra en el corazón de las relaciones fructíferas que son seguras y satisfechas.

Aférrate al amor porque es el don más preciado de la vida, porque es generoso, se preocupa y da significado a la vida.

Aférrate a la familia y a los amigos porque son las personas más importantes en tu vida y porque hacen del mundo un lugar mejor. Ellos son tus raíces y la semilla de la cual creciste, son la vida que ha crecido con el tiempo para alimentarte, ayudarte a seguir tu camino y permanecer siempre cerca de ti.

Aférrate a todo lo que eres y a todo lo que has aprendido, porque esto es lo que te convierte en un ser singular. No menosprecies lo que sientes y lo que crees que es bueno e importante, tu corazón te habla con más fuerza que tu mente.

Aférrate a tus sueños, alcánzalos de manera diligente y honrada. No tomes nunca al camino más fácil ni te rindas ante el engaño. Recuerda a otros en tu camino y dedica tiempo para atender sus necesidades.

PROCESO DE RENOVACION

El águila es el ave vertebrada con mayor longevidad de esas especies. Llega a vivir aproximadamente 70 años, para poder llegar a vivir esa edad, tiene que someterse a un proceso de renovación. A los 40 años, debe tomar una decisión seria y difícil. En esa edad sus uñas están apretadas y flexibles y ya no consigue atrapar a sus presas de las cuales se alimentará. Su pico largo y puntiagudo, se curva, apuntando contra el pecho. Sus alas están envejecidas y pesadas y sus plumas gruesas. ¡Volar se hace muy difícil! Entonces, el águila tiene dos alternativas: morir o enfrentar un dolorido proceso de renovación que durará 150 días.

 El proceso de renovación consiste en volar a lo alto de una montaña y quedarse ahí, en un nido cercano a un paredón, en donde no tendrá la necesidad de volar. Después de encontrar ese lugar, el águila comienza a golpear su pico en la pared hasta conseguir arrancarlo. Luego deberá esperar un tiempo para el crecimiento de uno nuevo, con el cual desprenderá una a una sus uñas. Cuando las nuevas uñas comienzan a crecer, comenzará a desplumar sus plumas viejas. Después de cinco meses, saldrá para su vuelo de renovación y para disfrutar y vivir 30 años más.

En nuestras vidas, muchas veces tenemos que resguardarnos por algún tiempo (no en lo alto de una montaña) y comenzar un proceso de renovación para continuar nuestra cosecha de éxitos. Debemos desprendernos de costumbres indeseadas, malos hábitos, tradiciones y recuerdos que nos causaron dolor en el pasado. Solamente libres del peso, podremos aprovechar el resultado valioso que una renovación trae consigo.

AGUILA O GALLINA

Un campesino fue al bosque para tratar de atrapar un pájaro que le sirviera de mascota, ya fuera guacamaya o cotorro a cualquier pajarillo cantor le alegrarían sus tardes. Para su sorpresa, consiguió atrapar un pichón de águila. Como no tenía mucho espacio disponible decidió acomodarlo en el gallinero, junto a las gallinas. Así empezó su nueva vida aquel pichón de águila comiendo la misma ración de grano que comían las gallinas. El águila empezó a crecer, tomando la figura imperial de una majestuosa águila, pero con el pensamiento, las costumbres y los hábitos de aquellas aves rastreras, las gallinas. Después de un tiempo el campesino recibió en su casa la visita de un sobrino que había estudiado Zootecnia. Mientras daban un paseo por el corral, dijo el Zootecnista.

- El animal que está allí no es una gallina. Es un águila.
- Si - dijo el campesino - es águila. Pero yo lo crie como gallina. Ya no es un águila. Se transformó en gallina como las otras, a pesar de sus grandes alas.
- No - refutó el sobrino - Ella es y será siempre un águila, tiene un corazón de águila y ese corazón la hará un día volar a las alturas.
- No, no - insistió el campesino - Ella se convirtió en gallina y jamás volará como águila.

Entonces, decidieron hacer una prueba. El Zootecnista tomó el águila, la levantó bien en alto y, desafiándola, le dijo:

-Ya que usted es de hecho un águila, y pertenece al cielo y no a la tierra, ¡abra sus alas y vuele!

El águila se posó sobre el brazo extendido del zootecnista. Miraba nerviosa a su alrededor. Vio las gallinas abajo, picoteando los granos. repentinamente saltó junto a ellas. El campesino comentó:

- Te lo dije, ¡se convirtió en una simple gallina!

- No, no - insistió el profesionista - Ella es un águila. Y siempre será un águila. Vamos a experimentar nuevamente mañana.

Al día siguiente, el Zootecnista subió con el águila al techo de la casa. Le susurró:

- Águila, ya que usted es un águila, ¡abra sus alas y vuele!

Pero, cuando el águila vio allá abajo a las gallinas, picoteando el suelo, saltó y fue junto a ellas. El campesino sonrió y volvió a la carga:

- Te lo dije, ¡ya se convirtió en gallina!

- No - respondió firmemente él profesional - Ella es águila, poseerá siempre un corazón de águila. Vamos a experimentar por última vez. Mañana la haré volar.

Al día siguiente, el Zootecnista y el campesino se levantaron muy temprano. Tomaron el águila y la llevaron afuera de la ciudad, lejos de las casas de los hombres, en lo alto de una montaña. El sol naciente esparcía sus rayos luminosos sobre las montañas. El profesionista levantó el águila al cielo y le ordenó:

- Águila, ya que usted es un águila, ya que usted pertenece al cielo y no a la tierra, ¡abra sus alas y vuele!

El águila miró alrededor. Temblaba nerviosa, como si adivinara que existía otra nueva vida. Pero no voló. Entonces, el naturalista la tomó firmemente, bien en dirección del sol, para que sus ojos pudiesen llenarse de la claridad solar y de la vastedad del horizonte. Repentinamente abrió sus potentes alas, graznó el clásico kau, kau de las águilas y se levantó, soberana, sobre sí misma. Y comenzó a volar, a volar hacia lo alto, a volar cada vez más alto. Voló... voló... hasta confundirse en el azul del firmamento...

MORALEJA

Como hijos de dios fuimos creados a imagen y semejanza de él. Hay personas que nos subestiman, nos hieren, quieren que pensemos como gallinas. Y muchos efectivamente creen que somos gallinas. Pero nosotros debemos tener el ímpetu, la valentía y el arrojo de las águilas. Por eso, no debemos menospreciarnos y cuando llegue el tiempo, abriremos nuestras alas y volaremos. Volaremos como águila. Jamás te contentes con los granos que te arrojen a los pies para picotear, vive como un águila.

"Porque nunca nos vamos a dar cuenta que tan alto podemos volar hasta que no abramos nuestras propias alas y lo intentemos"

FIN INESPERADO

María y Francisco Vivian una vejez muy feliz al lado de sus 13 hijos, toda esa alegre vida la habían vivido en un pequeño poblado en la región del bajío en la parte central del país. La tierra era buena con ellos, pues les daba abundancia de alimentos como, maíz y frijol, los arboles frutales no faltaban, ricas guayabas y fresas las disfrutaban en tiempos de calor. Un día caminando por el campo, María empezó a sentir ligeros mareos y un leve dolor a la altura del pecho, pidió a francisco que le llevara a casa pensando que posiblemente se trataba de un poco de cansancio. Al llegar a su hogar el dolor había aumentado drásticamente y empezaba a faltarle la respiración, rápidamente llamó a uno de sus hijos para llevarla de emergencia al hospital, lamentablemente en el trayecto al centro médico aquella mujer falleció. El dolor invadió por completo a todos sus hijos, rápidamente hicieron los preparativos para velar decorosamente aquella querida viejecita. Familiares y amigos empezaban a llegar a dar la despedida aquella apreciada señora, estaban sorprendidos por lo repentino del suceso. La gente entre lágrimas y pesar atinaban a decir "No somos nada", todos y cada uno de los presentes hicieron fila y fueron despidiéndose adoloridos frente al féretro y cuerpo inerte de la mujer. Don Francisco pidió a sus hijos que se acercaran a su madre, pues deseaba darles un mensaje.

- ¿Ven a la mujer allí?
- Si padre – contestaron todos.
- Durante los 62 años que estuvimos casados, ambos fuimos muy felices – con lagrimas en los ojos dijo – ustedes todos son el fruto de ese amor. Su madre en los momentos más difíciles nunca sucumbió, fue una mujer paciente, no envidiaba joyas ni plata, no presumía su belleza o propiedades, nunca fue arrogante, ni busco perjudicar a terceros, nunca le vi enojada y eso que algunas veces le daba motivos, era una persona justa, todo lo sufría, todo soportaba, todo lo esperaba, bueno o malo, al final sonreía, yo me daba cuenta que ella entendía bien la vida y la sabia disfrutar. Pero sobre todo conocía el amor y siempre supo soportar tempestades, hambres, y muchos sinsabores en el matrimonio. Un día me llego a decir:

-

"el amor todo lo puede"

y hoy frente a ella, les pido que prediquemos lo que aprendimos de ella "amarnos los unos a los otros"

MORALEJA

"El amor es paciente, es bondadoso. El amor no tiene envidia; el amor no es jactancioso, no es arrogante. No se porta indecorosamente; no busca lo suyo, no se irrita, no toma en cuenta el mal *recibido*. El amor no se regocija de la injusticia, sino que se alegra con la verdad. Todo lo sufre, todo lo cree, todo lo espera, todo lo soporta"

Corintios 13:4-8

SE METIÓ CON LA PERSONA EQUIVOCADA

En la fila de un supermercado una mujer de edad avanzada esperaba para pagar su mandado, el cajero le dice:

Señora debería traer su propia bolsa, no sabe que las bolsas de plástico no son buenas para el medio ambiente.

La señora pide disculpas y explica:

Es que no había esta moda verde en mis tiempos.

El empleado contestó:

Ese es el problema, lamentablemente su generación no puso suficiente cuidado en conservar el medio ambiente.

Tiene razón - Dice la señora - nuestra generación no tenía esa moda verde en aquellos tiempos. Fíjese nomas, en aquel entonces, las botellas de leche, de refrescos y las de cerveza se devolvían, en la tienda y se les enviaba de regreso al fabricante para ser lavadas y esterilizadas antes de llenarlas de nuevo, de manera que se podían reciclar las botellas una y otra vez. Ahora las botellas de plastico andan rodando por las calles contaminando. ¿Me escuchó?

Subíamos las escaleras, porque aún no existían las escaleras eléctricas en cada comercio ni oficina, así se conservaba energía eléctrica.

Íbamos caminando a los negocios cada vez que necesitábamos visitarlos, nunca usábamos carros que contaminaran el ambiente con su humareda.

Por aquellos tiempos lavábamos los pañales de tela de los bebes, aun no se habían inventado los pañales desechables. Los lavamos con hiervas y no con todos esos jabones de polvo y liquido que contaminan las aguas.

Secábamos la ropa en cordeles, no en secadoras que funcionan con energía eléctrica. La energía solar secaba nuestra ropa.

Entonces no teníamos televisión en casa, ahora cada familia tiene un televisor en cada habitación, usando mucha energía, sin ser muy necesario.

En la cocina, molíamos en metate y batíamos a mano, porque no había máquinas eléctricas que lo hiciesen por nosotras.

Cuando empaquetábamos algo frágil para enviarlo por correo, usábamos periódicos viejos arrugados para protegerlo, no plástico de burbujas contaminante.

En aquel tiempo no usábamos cortadoras de pasto para cortar el césped; usábamos una cortadora de pasto que funcionaba a músculo.

Hacíamos ejercicio trabajando, no necesitábamos ir a un gimnasio para correr sobre caminadoras mecánicas que funcionan con electricidad.

Bebíamos el agua directamente de la llave o en vaso de cristal cuando teníamos sed en lugar de usar vasitos o botellas de plástico desechables.

Cambiábamos las hojas de afeitar en vez de tirar a la basura toda la máquina sólo porque la hoja perdía su filo.

En aquellos tiempos, los niños iban en sus bicicletas a la escuela o caminando, eso les ayudaba a mantenerse en condición y no llegaban a la obesidad, ahora usan a su mamá o papá como taxistas.

Teníamos un enchufe en cada habitación, no varios multi contactos para alimentar una docena de artefactos.

Y no necesitábamos un aparato electrónico (celular) para recibir señal desde satélites situados a miles de kilómetros de distancia en el espacio para encontrar la pizzería más cercana.

Usábamos teléfonos fijos y sólo había uno cada diez casas, hoy Uds. tienen 10 por cada casa, y cuando los desechan las baterías contaminan la tierra y miles de litros de agua.

¿Así que, como ve? Me parece ilógico que la actual generación se queje de lo "Irresponsables" que fuimos los ahora viejos por no tener esta maravillosa moda verde en nuestros tiempos. Que desfachatez.

¿Maravilla verde? Que va…

ABRAZO DE OSO PROTECTOR

Como padre, Manuel sentía alegría y amor que brotaban a raudales dentro de su ser. En ese estado le dieron ganas de entrar en contacto con la naturaleza, pues a partir del nacimiento de su bebe todo lo veía hermoso. Así fue como decidió ir al bosque; quería oír el trineo de los pajarillos y disfrutar de la pasividad de la naturaleza. Caminaba despacio respirando el fresco olor a pinos y admiraba lo bello que era aquel lugar, cuando sorpresivamente vio un águila posarse en la rama de un árbol, parecía que el animal presumía la belleza de su plumaje, se le veía altiva. Por aquellos días aquella águila se había acercado al bosque en busca de comida para sus pequeños polluelos, coincidentemente tenía poco de ser madre también; y tenía la gran responsabilidad de criar y formar a sus aguiluchos, y enseñarles a enfrentar los retos que la vida ofrece. Al ver a Manuel, el águila preguntó:

- ¿A dónde te diriges? Tan alegre.

Manuel le contestó:

- Verás, ha nacido mi primera hija, he venido al bosque a disfrutar, pero no sé qué me pasa me siento confundido.

El águila insistió:

- ¿Oye, y que piensas hacer con tu hija?

Manuel le contestó:

- Ah, pues desde ahora, siempre la voy a proteger, la alimentaré y jamás permitiré que pase frío. Me encargaré de que tenga todo lo que necesite, día con día yo seré quien la cubra de las inclemencias del tiempo; la defenderé de los enemigos que pueda tener y nunca dejaré que pase situaciones difíciles. No permitiré que pase necesidades como yo las pasé, nunca dejaré que eso suceda, porque para eso estoy aquí, para que ella nunca se esfuerce por nada - Y para finalizar agrego - como su padre, seré fuerte como un oso, y con la potencia de mis brazos la rodearé, la abrazaré y nunca dejaré que nada ni nadie le haga daño.

El águila no salía de su asombro, atónita prestaba atención y no daba crédito a lo que escuchaba. Entonces respiró profundo, sacudió su enorme plumaje, lo miró fijamente y le dijo:

- Escucha, cuando recibí el mandato de la naturaleza para empollar a mis crías, también recibí el mandato de construir mi nido. Un nido confortable, seguro, a buen resguardo de los depredadores, también le he puesto ramas con gran cantidad de espinas. ¿Sabes por qué?, porque aun cuando estas espinas están cubiertas por plumas, algún día, cuando mis polluelos sean fuertes para volar, haré desaparecer todo este confort, y ellos ya no podrán habitar sobre las espinas, eso les obligará a construir su propio nido. Todo el valle será para ellos, siempre y cuando realicen su propio esfuerzo para conquistarlo. Las montañas, los ríos llenos de peces y las praderas llenas de conejos tendrán que dominarlas por ellos mismos. Si yo los abrazara como un oso, reprimiría sus aspiraciones y deseos de superación propios, destruiría su individualidad y haría de ellos unas águilas perezosas, sin ánimo de luchar, ni alegría de vivir. Tarde que temprano pagaría por mi error, pues ver a mis aguiluchos convertidos en el hazmerreír de su especie me llenaría de remordimiento y vergüenza, al final tendría que cosechar la impertinencia de mis actos, viendo a mi descendencia imposibilitada para tener sus propios triunfos, fracasos y errores, porque yo quise resolver todos sus problemas - Yo, amigo mío, dijo el águila - podría jurarte que después de Dios, he de amar a mis crías por sobre todas las cosas, pero también he de prometer que nunca seré su cómplice en la superficialidad de su inmadurez, he de entender su juventud, pero no participaré de sus excesos, me he de esmerar en conocer sus cualidades, pero también sus defectos y nunca permitiré que abusen de mi por el amor que les tengo.

El águila callo y Manuel no supo que decir, seguía confundido, mientras reflexionaba, aquella noble águila imperial levantó su vuelo y se perdió en el horizonte.

Manuel empezó a caminar mientras miraba fijamente el follaje seco sobre el suelo, pensaba en lo equivocado que estaba y el terrible error que iba a cometer al darle a su hija el abrazo del oso. Reconfortado, siguió caminando. Solo pensaba en llegar a casa, con amor abrazar a su hija, abrazarla aunque solo sería por unos segundos, ya la pequeña empezaba a tener necesidad de su propia libertad, sin que ningún oso protector se lo impidiera. A partir de ese día Manuel empezó a prepararse para ser el mejor de los Padres.

MORALEJA

Si usted como padre les corta las alas a sus hijos. Si no los deja crecer como personas e individuos de una sociedad, si les crea tanta codependencia, es probable que ellos, en su edad adulta, no sean capaces de resolver sus propias adversidades. Además, corren el riesgo de padecer traumas en su relación con los demás y pueden llegar a sufrir situaciones conflictivas.

TODO DEPENDE DE LA FORMA EN EL DECIR

Allá por las colindancias de jalisco y Nayarit un hacendado vivía feliz cultivando sus tierras y engordando ganado, tenía dotes de gran señor pues era inmensamente rico y divinamente bondadoso con quien le servía. Cuando le engañaban era inmisericorde y castigaba cruelmente a quien le fallaba. Un día mientras dormía soñó que se le caían todos sus dientes, despertó espantado, inmediatamente llamo a uno de sus sirvientes y le dijo:

- Lencho, Lencho, encilla dos caballos y ve y busca al brujo de Mazamitla, o a un adivino, quiero saber que significa un sueño que tuve anoche, pero apúrate ca…ray.
- Si patrón, voy, voy.

A las dos horas Lencho estaba de regreso con el brujo mayor, este inmediatamente se abocó a interpretar el sueño de aquel hacendado.

- Haber quiero que me diga porque soné que perdía todos los dientes – preguntó el patrón.
- Uuuyyy patrón que desgracia se le viene encima – dijo el brujo Mayor– cada diente caído, representa la muerte de cada uno de sus familiares_más cercano.

- Pero, como te atreves a decirme eso, fuera de aquí, sáquenlo, Lencho ya sabes lo que tienes que hacer – gritó enfurecido el hacendado.

Más tarde ordenó que le trajesen a otro brujo. Lencho viajó de nuevo a varios lugares para solo encontrarse con un brujo español, al llegar a la hacienda el malhumorado hacendado le contó lo que había soñado. Éste, después de escuchar con atención, le dijo:

- ¡Estimado y gran Señor! gran felicidad os ha sido reservada. El sueño   significa que sobreviviréis a todos vuestros parientes.

El semblante del viejón se iluminó con una gran sonrisa y ordenó le dieran al brujo un fajo de billetes de cien dólares. Cuando éste salía de la hacienda, Lencho le dijo sorprendido:

- ¡No es posible!, la interpretación que hiciste de los sueños es la misma que hizo otro brujo que vino antes que tú, en cambio a ti no solo no te mando castigar sino te pagó espléndidamente.
- Recordad bien esto querido amigo Lencho…

"Vos debes saber, que todo depende de la forma en el decir"

ÉL TE ESCUCHA Y RESPONDE A TIEMPO

Si estamos en las manos de Dios, entonces no debemos tener miedo de nada, porque si Dios es con nosotros ¿quién estará, contra nosotros? Él nos cubre de todas las asechanzas del maligno, de las adversidades que cada día vienen a nuestras vidas.

Debemos tener toda la confianza depositada en el Señor, porque Dios tiene el control de todas las cosas, Él conoce todo de nosotros. Una persona sin Dios está perdida, separado de Él, nada podemos hacer.

Cerca estás tú, de mí, dios mío,
Y todos tus mandamientos son verdad.

Salmos 119:151

Lo importante no es tener miedo al enemigo, sino temer a aquel que ha creado todas las cosas, invencible, admirable, sublime, poderoso, soberano, a este es que en verdad debemos temer.

No perdamos nuestra confianza en él, por qué si nos apartamos del Señor, podemos sufrir, este es el momento que el enemigo espera para atacarnos.

Sin duda alguna el señor es quien nos ayuda a que permanezcamos en pie ante todas las adversidades, el rezo o la oración la utilizamos para comunicarnos con nuestro señor.

Dios es justo, esta es la razón por la cual Dios tiene misericordia y a pesar de que fallemos, Él nos perdona.

Hay momentos en los que vemos a personas pasando por una o varias crisis, estas crisis traen con sigo dudas, que comienzan a correr por todo su interior, y empiezan a preguntarse, "¿por qué pedimos a Dios, y cuando lo hacemos, no nos escucha?"

No es que Dios no escuche, sino que el Señor responde cuando Él sabe que es necesario y no cuando nosotros queramos. Debemos entender que los ojos de Dios están sobre nosotros, Él mira nuestras aflicciones.

Claman los justos, Dios escucha,
Y los libra de todas sus angustias.

Salmos 34:17

Si Dios no escuchara nuestro clamor, ¿Entonces por quién estamos siendo nosotros librados? ¿Acaso no es por Dios?

Porque por él estamos aquí, Él es quien nos libra del enemigo malo, como dice el salmista David, quien fue librado varias veces de las manos del maligno.

MORALEJA

"Ora o reza y no desesperes, porque Él, escucha tu oración"

ASI NOS GOBERNÓ EL PRI POR AÑOS

En una de sus reuniones, él político solicitó que le trajeran una gallina. La agarró fuerte con una mano y con la otra empezó a desplumarla. La gallina desesperada por el dolor intentó fugarse, no pudo. Así él, logró quitarle todas las plumas y les dijo a sus ayudantes:

"Ahora observen lo que va a suceder".

Puso a la gallina en el piso y se alejó de ella un poco, agarró un puño de trigo, entre tanto sus colaboradores observaban asombrados cómo la gallina, asustada, adolorida y sangrando, corría tras el político mientras este le iba tirando puños de trigo alrededor de los presentes.

La gallina lo perseguía por todos lados. Entonces, él político miró a sus colaboradores, quienes estaban totalmente anonadados, les dijo:

"Así de fácil se gobierna a la gente. Vieron cómo me persiguió la gallina a pesar del dolor que le causé. Así son la mayoría de los pueblos, persiguen a sus gobernantes y políticos a pesar del dolor que les causan por el simple hecho de recibir un poco de dinero o algo de comida para uno o dos días.

MORALEJA

¿Hay gente en México que nos ilustre este buen ejemplo?
No se…Puede ser… Quizás… ¿Qué opinas?

SEXTO SENTIDO

Es un concepto complejo que muchos no sabemos definir, pero es tan sencillo como pensar en el hecho de que nos conocemos y sabemos quiénes somos pues nos hemos visto al espejo y, gracias a ello, tenemos conciencia de nuestros rasgos, tamaño y movimientos.

Esta característica es, para quienes gozamos del sentido de la vista, una ventaja que damos por hecho, ¿qué pasaría si, a pesar de ver, no supiéramos que es nuestro cuerpo? Si no tuviéramos control sobre él, si sólo fuéramos como una conciencia atada a nuestros músculos por una cuerda muy floja. Permite y te cuento;

Una chiquilla de 19 meses debido a una fiebre quedó ciega y sorda. a causa de su discapacidad, sus procesos mentales eran limitados; aun podía captar que las letras a g u a, deletreadas por su maestra en la palma de su mano, se referían al nombre del líquido que salía del grifo.

Durante muchísimos años nos han enseñado que el hombre tiene cinco sentidos: vista, oído, gusto, olfato y tacto. Sin embargo, existe uno más: el sexto sentido y fue descubierto en 1890.

Gracias a el trabajo coordinado de los sentidos, podemos tener balance integral en todo nuestro cuerpo, físico y emocional, del modo que podemos coordinar muy bien nuestros movimientos, y podemos realizar actividades básicas como tomar un tenedor con la presión necesaria, subirse a un autobús sin chocar con los pasajeros, o alcanzar una botella de agua con la mano, atinándole a la primera.

Por eso, entre los cantantes, al entonar una canción es una forma de pensamiento. Porque, aunque parezca mentira, un ser humano afectado en este sentido es incapaz de guiar propiamente sus notas musicales, o modular su tono de voz, de lo contrario resultaría, en una interpretación pobre con volúmenes altos, con gestos inexpresivos o exagerados y en esencia, habria problema de identidad, provocado por la incapacidad de controlar el cuerpo.

Los otros sentidos que nos acompañan, todos los días, son el olfato que nos ayuda a conocer los olores de alimentos, frutas vegetales, perfumes y muchos malos olores ya sabes a que me refiero. Pero querido amigo también tenemos la posibilidad de usar el olfato de diferente manera. ¿Como?

Olfateando las oportunidades que nos da la vida de mejorar, en todos los sentidos y cuando digo en todos, es en todos. Puedes olfatear la oportunidad que se te da cuando ya no estas a gusto en tu trabajo y deseas cambiar de aires, a veces las buenas oportunidades solamente pasan una vez y si las dejas ir…lo mejor sería, no lamentarse.

El sentido del gusto, oh me gusta esto, me gusta lo otro, o esa chica es mas bonita, no la rubia, mira me gusta el GTX, no este otro es más bonito. Dios nos dio a cada uno el don del gusto y gracias a el podemos tomar la decisión que más nos guste, estemos equivocados o no.

El tacto, es para tocar o nos toquen, te han dado algún masaje relajante, si uuufffff delicioso… si eres un apasionado o apasionada y tu pareja te ama… ocupas consejo, ¿No verdad?

El oído, solo imagina si no tuviéramos el don de oír, no disfrutaríamos de un bello amanecer escuchando el cantico de los pajarillos, el gallo, los grillos o una melancólica lluvia caer sobre nuestro tejado. Nos privaríamos de haber escuchado cantar las hermosas canciones de nuestros artistas favoritos.

La vista, que hermoso poder ver el nacimiento de un nuevo bebe, la creación de dios. Disfrutar de la pasión al ver un partido de futbol de nuestro equipo del alma. Ver un amanecer a la orilla del mar, observar como el astro rey se alista en el horizonte, para darnos calor y vida.

El sexto sentido, para los que creemos que existe este sentido, se nos complica dar una explicación de este…No, no sé cómo empezar...

Bueno me voy a esforzar, se dice que el que quiere puede...

He pensado que el sexto sentido es una combinación de los cinco que tenemos **más** otro, el sentido común.

¿Ya te intereso verdad?

El sentido común te ayuda a que decidas que es bueno o que es malo, que hacer o que no hacer, que batalla librar o si es mejor retirarse. El sexto sentido le da sabor a tu vida, pues tomas las elecciones más sabias en bien de tus intereses. Aunque muchas veces también es necesario echarle una manita al sexto sentido. ¿Cómo? consultando nuestra mente para que se asocie, en una asociación mutua, el sexto sentido y la mente, esa es la mejor opción de éxito, eso creo.

MORALEJA "Divino tesoro: mi sexto sentido"

COLECCIONISTA

Un coleccionista de relojes antiguos se encontró cierta vez con que uno de sus relojes favoritos había dejado de funcionar. Angustiado, consultó a decenas de expertos, pero ninguno podía arreglarlo. Hasta que encontró a alguien que, después de examinar la joya durante un buen rato, tomó un pequeño martillo, le dio un golpecito en cierto lugar preciso, y el reloj comenzó a funcionar de nuevo. Feliz, el coleccionista preguntó:

- ¿Cuánto le debo?
- Mil dólares - contestó el joyero.
- ¿Está loco? ¿Mil dólares por un golpecito?
- No, el golpecito cuesta 1 dólar. Saber dónde y cómo darlo, 999.

¿Cuántas veces hemos escuchado que solo la acción produce resultados? Sin embargo, cualquier acción no nos lleva hacia nuestros objetivos es aquí donde entra la distinción: ACCIONES ADECUADAS, conduce a los resultados deseados.

EN LA VIEJA MANSIÓN

Se dice que hace tiempo, en un pequeño y lejano pueblo, enclavado en una zona amazónica de Brasil, había una casa enorme de madera abandonada en medio de la selva. Cierto día, un feroz león caminaba sigilosamente a sus alrededores buscando alguna presa para saciar su apetito. Vio que la puerta principal de aquella vieja casa estaba entreabierta, los maderos y las tablas lucían semidestruidos, lentamente el rey de la selva se encaminó hacia las escaleras de madera que conectaban a la entrada de aquella misteriosa mansión poco a poco se fue adentrando hacia una de las habitaciones, con enorme sorpresa, vio que dentro del lugar había infinidad de leones que le miraban fijamente a la cara, así como él les observaba a ellos. El león comenzó a mover su larga cola y sacudir su enorme melena amigablemente. Curioso, los otros leones hacían lo mismo al mismo tiempo. Posteriormente sonrió alegremente a uno de ellos. Él felino se quedó sorprendido al ver que los demás leones también le sonreían. Cuando el león salió de la habitación se quedó pensando para sí mismo:

"Qué lugar tan agradable! vendré a visitarlo más seguido"

Tiempo después, otro león entró al mismo sitio y se encontró en la misma habitación, iba furioso, estaba hambriento no había podido cazar nada. Pero a diferencia del primero, este león, al ver a los otros leones del cuarto, se sintió amenazado, pues lo estaban viendo de una manera agresiva. Esto provocó que se enfureciera todavía más, obviamente vio como los demás leones se enfurecían de igual manera. Al ver mayoría pensó que era más sano salir de aquel lugar y poner tierra de por medio. Ya fuera de la vieja mansión pensó:

"Qué lugar tan horrible... nunca más volveré a venir por aquí"

Al frente de dicha mansión se encontraba un viejo rotulo que rezaba así:

"La casa de los espejos"

MORALEJA

Todos los rostros del mundo son espejos. Decide cuál rostro llevarás por dentro y ese será el que mostrarás. El reflejo de tus gestos, facciones, es lo que proyectas ante los demás. Las cosas más bellas del mundo no se ven ni se tocan, sólo se sienten con el corazón.

ARQUITECTO DE TU PROPIO DESTINO

El licenciado Vidriera era un hombre muy rico, poseía una enorme constructora en el paradisiaco puerto de Ixtapa Zihuatanejo. Era un hombre noble que gustaba de tratar bien a sus empleados, cada fin de año les daba sus bonificaciones para que festejaran felizmente su navidad. Los años le empezaban a pesar, comúnmente cada año decidía tomar unas buenas vacaciones en el Estado de Guanajuato donde tenía una residencia fruto de su esfuerzo y su lucha de superación. un día llamó a su hombre de confianza, a su capataz y le dijo que iba a salir a un largo viaje entonces procedió a dejarle instrucciones:

- Ven para acá Ignacio (nombre del capataz) yo se que tenemos mucho trabajo y la construcción de los dos edificios que se están construyendo en la playa de la Ropa se nos están retrasando.

- No se preocupe patrón, confiemos en el cielo que lo vamos a terminar a tiempo solo ocupo me permita contratar otra docena de albañiles y unos seis pintores y vera que no le quedo mal – habló el capataz.

- Si, si está bien contrátalos. oye a propósito de albañiles, me dijiste ayer que uno de ellos, ya se piensa retirar ¿verdad?

- Así merito es patrón, el pobre apenas puede con su alma, pero no crea todavía esta fuerte.
- Quiero que me hagas un favor Ignacio – decía el patrón.
- Usted dirá patrón.
- Este hombre que se va a retirar, como es que se llama aah Martenino.
- Martiniano patrón.
- Si él. ¿Es buen albañil?
- Si patrón es uno de los mejores, es una lástima que se retire.
- Mira quiero que lo saques de la obra donde lo tienes, recuerdas el terreno que tengo en Petatlán.
- Como no me voy a acordar patrón, está en una colonia de las más bonitas de ese pueblo - asentaba el capataz.
- Bueno quiero que le digas que es el último favor que nos va a hacer, para empezar, deseo que le dobles el salario como justa recompensa a sus años trabajados. Le pides que me haga una casa muy bonita y amplia, con yacusi y una gran alberca, con un salón para diversiones, pantalla gigante y unas dos mesas de billar. Le pides que use el material más fino que tengamos en bodega que no escatime en gastos y que me la tenga terminada para el tiempo de mi regreso.
- Si patrón, así se hará.

Al día siguiente el capataz se encontró con Martiniano y le explicó los deseos del patrón, le entregó los planos de la casa y le pidió que empezara lo más pronto posible, le indico que el patrón quería que usara los materiales más_finos y que deseaba ver una casa elegante y cómoda a su regreso.

- ¿Y para quien va a ser la casa tu? – preguntó el albañil
- Imagino que, para el patrón, va a ser una mansión.
- ¿Voy a tener ayudantes verdad?
- El patrón ordenó_que te apoye con todo lo que necesitas, busca gente y yo te cubro los gastos – dijo el capataz

Al iniciar la construcción de la casa el albañil decidió que era absurdo, gastar tanto en tantos lujos, él pensó que no era necesario usar los mejores materiales, así podía ahorrar, además el dueño no estaría allí para supervisarlo. Comenzó a trabajar con menos precisión, no prestaba mucha atención a los detalles y empezó a usar materiales de menor calidad y más baratos. Cuando el dueño volvió de su viaje le preguntó:

- ¿Estas satisfecho con la casa que has construido?

El capataz respondió afirmativamente, con la cabeza.

- Me alegro de que así sea, porque la casa que has construido por ti mismo ahora es tuya, es mi regalo de jubilación - dijo el patrón y le dio un fuerte abrazo.

MORALEJA

Tú estás construyendo tu vida desde que naciste. Tu vida es tu casa, tu estás viviendo en tu casa que es tu vida.

¿Estás construyendo la clase de casa de la cuál puedes estar orgulloso de vivir por el resto de tu vida o estas usando materiales de baja calidad?

Lo curioso de la vida es que si decides ir solamente tras lo mejor de lo mejor usualmente lo consigues, el problema es que, si vas tras lo peor, también lo puedes conseguir: El verdadero éxito está en el proceso de construir una casa (tu vida) en la cual te sientas satisfecho de vivir en ella.

EL MUNDO Y SUS LOCURAS

Creo que el titulo no es adecuado al tema, tal vez seria "las mujeres, los hombres y sus locuras", los niños no entran acá, ellos son pequeños inocentes y como tales se les debe tratar. Ya sé que las mujeres van a decir, no, te equivocas son "los hombres y sus locuras" ¿Verdad? y los hombres por supuesto que nos vamos a defender, así es el mundo siempre girando y girando, y el homo sapiens viviendo y viviendo claro además de jugar, dormir, pelear, tomar, cantar, trabajar, luchar todo lo que termine en ar.

En estos tiempos y en otros también se han visto muchas incongruencias en cómo el mundo va avanzando, perdón en como la sociedad va avanzando, aunque a veces pienso, solo cuando pienso, me pregunto: ¿Será que si vamos avanzando o iremos retrocediendo? Otra de las preguntas que muchas veces vienen a mi mente es: ¿Es ese el plan de dios para el mundo? ¿Qué piensas tú, de todo esto?, podría apostar que tienes una opinión. Buena o mala, pero la tienes. Espera, no tienes ninguna mala opinión, esa es tu forma de pensar y aquí todo buen cristiano la respeta. Imagino que ya te estas desesperando y quieres saber a dónde voy con tanta explicación sin sentido, bueno ahora, entrémosle al tema.

Antes de las elecciones presidenciales de los estados unidos en el 2016 un amigo cercano me preguntaba:

- ¿Y tú por quien vas a votar?

Muy seguro de mí mismo conteste:

- Voy a votar por el menos malo, esa ha sido mi línea, sea Demócrata o Republicano y tú ¿Por quién? - Pregunté.

- O yo voy a votar por Trump, pienso que él puede hacer buen trabajo, ya estoy cansado de lo mismo.

- No sé de qué te quejas, tienes un buen trabajo, mantienes a tu familia y todavía te das el lujo de irte a despilfarrar a las vegas – comenté.

Conocía la historia del camarada.

- Si, pero con otro gobierno todo puede cambiar ¿No crees?

En parte le di la razón.

- Tienes razón, todo puede cambiar, pero puede ser para bien o para mal.

- No seas ave de mal agüero – Me dijo.

- Al tiempo, tiempo y tendremos respuestas – dije.

El mandato del presidente estadounidense ha sido todo un desastre. Aunque respeto la opinión, si alguien piensa lo contrario. Está tomando decisiones equivocadas, aclaro una cosa, son equivocadas para muchos de nosotros, pero acertadas para muchos de ellos (republicanos) que dañan el progreso de nuestra sociedad, todo para poder obtener beneficios personales en el futuro.

sea que el proceso electoral haya sido bueno o malo en cierta medida todos (hombres y mujeres) permitimos que llegara a la presidencia una persona que no sabe gobernar. sabe negociar, tal vez sí, pero esto es otra cosa. Alguien que no sienta compasión por los niños o los inmigrantes no es digno de sentarse en la silla presidencial de cualquier Nación. ¿Nos equivocamos? Si lo hicimos, ya habrá tiempo de corregir lo que hicimos mal, si es que se puede corregir, y si no, tendremos dos años más de frustración, rabia y lamentos. Y todavía hay la posibilidad que se reelija en el 2020, claro si es que no pasa otra cosa que cambie el destino de este gran País.

Dos años más para seguir escuchando las incoherencias de un hombre inmaduro, que goza del sufrimiento ajeno y que no se tienta el corazón (si es que lo tiene) para firmar leyes que lastiman nuestra gente. De mi parte toco madera para que no se reelija y esperemos volvamos a tener gobernantes capaces en la casa blanca como el distinguido expresidente Ronald Reagan.

MORALEJA

Aunque allá gobernantes como el señor del peluquín, el mundo seguirá girando y girando. Nosotros dando vueltas y dando vueltas, pero, luchando y luchando, por ser mejores cada día, seguiremos esforzándonos por hacer realidad nuestros sueños más preciados en este Mundo y sus locuras.

AH PERO QUE TERCO

Un hombre culto y su hijo caminaban presurosos por las calles de un humilde rancho del centro de México que se hacía llamar La hacienda, el día era lluvioso, los rayos y relámpagos iluminaban estruendosamente el cielo. En el camino hacia su casa, encontraban agujeros en el suelo colmados de agua por la lluvia que caía a raudales. Antes de entrar a la casa el hombre dijo;

- Hogar dulce hogar – todo empapado por la lluvia.

De pronto se dio cuenta que su esposa había dejado fuera una de las cazuelas que comúnmente usaba para cocinar y decidió llevarla a la cocina, la cazuela estaba rasando de agua. El hombre vio un alacrán nadando a contracorriente dentro de la cazuela, tratando de salir, estaba a punto de ahogarse cuando el hombre lo tomó por su panza para rescatarlo. El alacrán al verse amenazado clavó su aguijón en un dedo del samaritano, este adolorido por el piquete instintivamente lo soltó al agua - el muchacho a un lado veía la maniobra – el alacrán volvía de nuevo a sentirse desfallecer por los tragos de agua, el hombre lo intento una segunda vez, tomando el alacrán por los cuernos, pero volvió a ser picado de nuevo, y por supuesto volvió a soltar el animal;

127

- Hay papá, pero que terco es usted – Exclamó el muchacho.
- Vamos, vamos que paso con ese respeto mijo.
- No Pa pues tiene razón, pero es que me da muina lo que está haciendo.
- No ves que le estoy tratando de salvar la vida mijo– dice el papá.
- Si Pa pero a qué precio – contesta el muchacho.
- Mira mijo, viste que dos veces lo traté de salvar usando mis dedos y las dos veces me picó el muy ladino, te aseguro que si lo trato de salvar de igual manera 15 o 20 veces la misma que me vuelve a clavar su aguijón.
- ¿Tan malagradecidos son esos animalejos Pa?
- No es eso mijo, es que esa es su naturaleza, es su único medio de defensa, cuando alguien los toca como lo estoy haciendo, en su cerebro detectan que se les va a hacer daño y se defienden de la única manera que saben, acosta de que se estén ahogando.

Entonces el hombre tomó una ramita de un arbusto para que se apoyara el alacrán y lo sacó del peligro.

- Y sabiendo eso Pa, ¿hacer dos veces lo mismo, no es terquedad?
- ¿Otra vez mijo? A la mejor si, tal vez esa sea mi naturaleza, ser terco, ¿verdad?

- Uummmm, sin comentarios Pa – dijo el hijo.

MORALEJA

La terquedad es mala consejera, piensa, analiza y busca usar tu inteligencia para resolver los problemas que te traen los vaivenes de la vida.

LUZ MARINA

La profesora Luz se había graduado hacía unos meses de la universidad, soñaba con enseñar a los niños a ser hombres de bien, proporcionándoles las herramientas para que un día fueran todos unos profesionales. La escasez de plazas estaba a la orden del día, por medio de su amiga Marina se había enterado de que en una secundaria de ciudad Guzmán estaban contratando una maestra de lectura, era una materia que dominaba a la perfección. Sin embargo, se sentía decepcionada pues ella deseaba enseñar a niños de primaria, en ese tiempo Marina le dio un buen consejo:

- Mira Luz yo entiendo que quieras hacer una cosa y no se te dé, pero esta oportunidad no la vas a tener nunca más. Así que arréglate y ve a llenar la aplicación, no seas tonta, si esa plaza no te toca, te van a rechazar y si es para ti, quien quite y dios te este preparando el terreno para retos mayores. ¿No crees?
- Hay Marina tu y tus ideas. Por esta vez te voy a hacer caso, estoy muy frustrada ya sabes cuales son mis deseos.
- Si mijita, pero no siempre tus planes son los que Dios tiene para ti.

Marina era amiga incondicional de Luz, se desempeñaba dando clases a niños, en un seminario religioso a la orilla de la ciudad.

Mas tarde Luz se entrevistaba con el director de la secundaria, la entrevista llevaba plan con maña de parte de la maestra, como seguía aferrada a que eso no era para ella, había contestado mal todas las preguntas.

- Ultima pregunta - dijo el director - está preparada en lectura ¿Sí o no?
- Más o menos - contestó Luz.
- ¿Si o no? - de nuevo el director.
- Esteee Si.
- Gracias por haber venido señorita, después le notificaremos si la plaza es para usted o no, en caso de que sea la elegida. sus clases empezarían el lunes venidero, que tenga buen día.

Salió molesta de la oficina, ya está hecho, creía que la iban a rechazar.

- ¿Qué paso, te dieron la plaza Luz? – preguntaba más tarde Marina.
- No, la entrevista estuvo pésima, además el director se portó grosero, voy a seguir buscando por otro lado – Dijo Luz desanimada.
- Hay mijita que se me hace que tu misma te estas boicoteando tú propio porvenir. Te aconsejari….

En ese momento sonó el celular de la maestra insistentemente, vio el número y casi se va de espaldas, era el número del director que hacia unas horas le había entrevistado.

- Bueno – contestó luz.
- Con la maestra Luz por favor – en la otra línea.
- Yo soy, que se le ofrece.
- Le estamos hablando de la dirección de la secundaria para decirle que usted ha sido seleccionada para la plaza que tenemos vacante, felicidades y le esperamos el lunes a las 8 de la mañana.

La muchacha no sabía si reír o llorar, la invadían sentimientos encontrados.

- ¿Quién era Luz? – preguntó Marina
- Me acaban de decir que la plaza es mía, o dios mío – dijo Luz sorprendida.
- Que alegría, bravo matadora, si ya sabia que dios te tenía reservado ese regalo. Perooo mija alégrateee, cambie el semblante. De verdad con todo mi corazón te deseo que tengas muchísimo éxito, sabes cuánto te quiero – dijo Marina derramando lágrimas de felicidad por la suerte de su querida amiga.

MORALEJA

Nunca te aferres a tus deseos terrenales, tus planes, algunas veces no son los mismos, que dios tiene para ti, solo déjate guiar. "Pedid y se os dará"

Esta fascinante Historia Continua...

UNA PERSONA CON LUZ

Era el primer día de clases, Luz sentía palomitas revoloteándole en el estómago, los nervios la estaban traicionando conforme se acercaba al plantel escolar de aquella secundaria donde reciente la habían aceptado para maestra de lectura.

- No te preocupes, manita – le decía Marina antes de partir – tus nervios van a quedar atrás después de la primera clase.

Al llegar a la escuela se dirigió a la dirección. En el camino se encontró con el director de la escuela.

- Buenos días maestra, lista para su primera clase – preguntó el director.
- Estoy sorprendida pensé que me iba a rechazar.
- Yo también lo estoy.
- ¿Y qué le hizo cambiar de parecer?
- Cuando contratamos personal, no solo evaluamos que tenga conocimiento de la materia que va a impartir, evaluamos también su educación personal, su actitud, sus deseos de superación, motivaciones etc.
- Bueno, pero en la entrevista mi actitud dejó mucho que desear.

- Es cierto maestra, pero eso lo podemos cambiar. Además, usted llena muchos requisitos que buscamos, para que tenga éxito.
- Ah espero no defraudarle y muchas gracias.
- Prefiero que no se defraude a si misma maestra y es bienvenida a este plantel, pase a la dirección para que le den instrucciones.

A los 30 minutos ya estaba siendo presentada con el grupo de su clase de adolescentes.

Pese a que izo una breve presentación, aun los nervios la mantenían tensa y para romper el hielo con sus nuevos discípulos pidió que cada uno se presentara y dijera, su nombre de pila, de donde venia y que carrera pensaba estudiar para el futuro.

- Yo me llamo Juan Pérez soy de Sayula y quiero ser un maestro – decia uno de los chicos.
- Mi nombre es Saul Linares soy de Salpotictic de la Grana y quiero ser Ingeniero Agrónomo.
- Yo soy Federico Manríquez, maestra, soy tabasqueño y mi deseo es un día ser presidente de México.
- Mi nombre es Ana Ruiz y nací aquí en Ciudad Guzmán quiero estudiar sobre negocios.

Así pasaron los alumnos restantes. Ella tenia a la vista una carpeta donde mantenía la lista de aquellos estudiantes y su calificación obtenida en clases anteriores hubo un detalle que llamó mucho su atención, el chico que decía llamarse Federico Manríquez tenía calificación perfecta en todas sus materias, de inmediato simpatizó con aquel muchacho que ambicionaba obtener en un futuro un puesto de los mas comprometedores del país. Antes de terminar con su clase una de las secretarias paso a explicar a la maestra que en una semana iba haber un evento social en el zócalo de la ciudad y que iban a ser premiados los alumnos mas sobresalientes de la escuela, que en su clase tenia un alumno que con seguridad seria reconocido. Ella de inmediato se dio cuenta que con seguridad sería el prospecto a mandatario de la Nación. No mencionó nada a los alumnos, solo se dedicó a dar un ejercicio a los alumnos para que llevaran a cabo.

- Vamos a ser un ejercicio muy simple jovencitos – decía la maestra Luz – a cada uno les voy a entregar tres sobres, cada sobre tiene una hoja en blanco. En una de ellas van a escribir un mensaje a la persona que más respeten y admiren y le felicitan por sus logros obtenidos, le van a entregar también los otros dos sobres con sus respectivas hojas en blanco y les van a pedir que por favor hagan lo mismo que ustedes, que escriban un mensaje a la persona que admiran.

La maestra entrego los sobres a sus 21 alumnos y pidió que hicieran el ejercicio, que iba a ser tomado en cuenta para sus grados, era la hora de salida así que los alumnos empezaban a marcharse.

- Federico, espera, ¿Puedo hablar un momento contigo? – pidió la maestra.
- Si maestra.
- Estoy impresionada con tus calificaciones, te felicito veo que te esmeras mucho en tus estudios, además veo que tienes grandes ambiciones. ¿En dónde vives?
- En las afueras de la ciudad rentamos una casa compartida, mi madre y yo.
- Dentro de una semana va a haber un evento de premiación en el zócalo, quiero que lleves tus mejores ropas por favor, ah y no olvides la tarea.
- Pierda cuidado maestra.

Federico sentía admiración por un campesino que a diario le saludaba cuando pasaba por su casa, a pesar de su pobreza siempre llevaba una sonrisa en los labios y con un ademan, le saludaba. Ese día decidió que ese campesino seria quien recibiría la felicitación, Federico se puso a escribir lo siguiente:

- "No sé cómo se llame, pero no necesito saberlo, deseo felicitarlo, a pesar de los problemas económicos que pasa, usted le veo siempre sonriente y feliz, mi admiración y respeto por ser una persona que va dando luz por el mundo. Muchas gracias".

Metió la hoja en el sobre, fue y le saludo, le entrego los otros dos sobres y le explicó lo que debía hacer.

Continua…

HONOR A QUIEN HONOR MERECE

Dos días después del encuentro con el campesino, este había tenido una reunión en el salón municipal con un grupo del gobierno que prometían cambios a la reforma agraria y cambios en la forma como se iba a manejar la Agricultura y Ganadería, entre los políticos prominentes se encontraba el candidato a la presidencia de la República, el licenciado Andrés Manuel López Obrador y su equipo de MORENA. Aquel campesino le entregó dos sobres engrapados y escribió una nota al frente que decía "Agradezco su atención, espero lea el contenido y suplico que en el sobre anexo escriba un párrafo de agradecimiento para la persona que más admire". Don Manuel tomó un bonche de cartas, muchas de ellas solicitando ayuda. Las guardó en su portafolios y en seguida empezó a escuchar demandas del conglomerado. Por la noche revisaría los mensajes y tomaría cartas en el asunto.

- Haber señores les pido encarecidamente que para este domingo que viene nos acompañen allá en el zócalo en una reunioncita que tenemos, allá les esperamos – Decía don Manuel.

Por la noche estuvo revisando la correspondencia cuidadosamente hasta que al fin encontró la carta del campesino, tranquilamente abrió el sobre y empezó a leer:

"Don Andrés, no soy bueno para decir palabras bonitas y como ve casi ni se escribir, abra de disculpar la molestia que le doy, hace unos días un muchachito me dio una carta como la que lee usted ahora, allí me dice que siente admiración por mi trabajo y que esta rete orgulloso de que yo sea parte de la gente que produce, usted sabe, pos el maíz y frijol, eso me llego mucho, además dice que yo le inspiro porque siempre me rio, hay condenado muchacho usted cree don Manuel, casi y me haci llorar. Además, me dijo que yo escribiera un minsaje pa la persona que más admiraba y pos ese is usted, yo... yo pos no se ni que dicir, solo se qui cuando lo veo inspira siguridad, confianza y ganas por mijorar este país y pos lo felicito, ya lo veo en la presidencia. Ah y el ultimo favorcito es que le iscriba un mensaje a otra persona que usted admire, in el sobri adjunto y se lo entregui"

El candidato estaba enterado que el domingo debía dar su último discurso en el zócalo, y que al final debía entregar varios diplomas de evaluación a varios estudiantes de las escuelas de la ciudad y pensó. por qué no?... ya tenia en su poder los diplomas. El ultimo sería el elegido se dijo para sí.

El domingo llegó y la muchedumbre se arremolinaba en el amplio zócalo esperando por el discurso, gran cantidad de estudiantes estaban sentados al frente en varias filas de sillas acomodadas paralelamente a donde iba presentarse la comitiva de políticos.

- "Señoras, señores, niños, México es para los mexicanos…bla, bla, bla...

Ahora pasemos a la premiación de estudiantes sobresalientes, con mucho gusto les voy a hacer entrega de un diploma de reconocimiento a su esfuerzo - Decía don Manuel.

- Marta Ramirez, aplausos, excelente jovencita buena para las matemáticas.
- Luis Canchola, pásale muchacho felicidades bueno en ciencias sociales.
- Guadalupe Ríos, tu diploma, una campeona en deportes.
- Ernestina Carranza, buena en algebra, felicidades muchachas. para terminar, aquí tengo el ultimo diploma es para:
- Federico Manríquez, ¿Federico por donde andas? – No encontró respuesta.
- Bueno ya que el chico no aparece, quiero entregar a su maestra el diploma.

La maestra luz pasó al frente toda nerviosa, nunca había tenido la oportunidad de conversar con un político de esa alcurnia.

- Maestra hágame el favor de entregarle el diploma a su alumno Enrique, ah y entréguele también este sobre, le

141

ruego que le diga que se lo envió un paisano tabasqueño, pídale que abra el sobre y lo lea enfrente de su clase, claro si no es mucha molestia. Pero primero permítame agregarle algo al texto del mensaje.

-   Si señor, y no es ninguna molestia, al contrario, se va a poner muy contento con su diploma.

La reunión terminó y cada cristiano se encaminó hacia sus casas.

El lunes antes de partir a la escuela la maestra luz acomodo el diploma y el sobre en un folder para poder entregárselo a su propietario.

La clase estuvo muy amena se discutieron los temas que el candidato a la presidencia había expuesto un día anterior y concluyeron que si aquel hombre llegaba a ser el presidente de la nación iba ayudar en mucho a la gente necesitada.

-   Bueno antes de marcharnos quiero preguntarle a Enrique cual fue la causa de su ausencia al zócalo – preguntó la maestra.

El muchacho avergonzado, no sabía que contestar.

-   Que no te de pena, nadie se va a reír o burlar de ti – Decía la maestra.

-   Bueno es que…Como usted me dijo que… – El chico apenado.

-   Que te dije, ¿Qué fue lo que te detuvo ir? – la maestra

- Es que me dijo, que fuera bien vestido y yo… ¿Si me comprende verdad? apenas y tenemos pa comer.
- Bueno alégrense todos porque su compañero se ganó el diploma a la excelencia – Dijo la maestra emocionada a punto de llanto. Oh además el Sr político me pidió que te entregara este sobre, lo debes abrir y leer en voz alta a tus compañeros.

Con calma Enrique tomó el documento y empezó a leer:

- "Querido colega y paisano estoy encantado de ver como el ser humano cuando se propone ser grande, lo logra. Eh sabido de la humildad y la nobleza de tu espíritu, de la capacidad e inteligencia que posees. Apenas ayer un humilde campesino me entregó una carta donde me explicaba la admiración y respeto que sentía por mi persona, me felicitaba y me auguraba un gran éxito en la contienda electoral. Me pidió que escribiera algo, para una persona que yo admirara, en realidad eso me es muy difícil, porque yo valoro a todos mis paisanos de la misma forma. Esta mañana antes del mitin decidí que esa carta la entregaría al muchacho que recibiera el ultimo diploma que iba a entregar. Me di cuenta de tus muy altas calificaciones. Me da mucha pena no haberte conocido, pero quiero invitarte a ti, a tus compañeros y compañeras que te están escuchando, que siempre luchen por lo que quieren, que nunca se den por vencidos, porque el que quiere todo lo puede. Me despido no sin antes mandarles un saludo y que cuando sueñen, siempre sueñen en grande" – Andrés Manuel.

MORALEJA
"El que quiere, todo lo puede"

FIN

VAMOS A HACER CUENTAS

Pedro había terminado su carrera en una Universidad muy prestigiosa, de inmediato se puso a trabajar en una Compañía Transnacional que le daba a ganar mucho dinero. El entendía que todo aquello lo obtenía gracias al apoyo incondicional de sus padres.

Sus padres se habían gastado una fortuna en su educación, y habían quedado al borde de la quiebra. Ahora sólo alcanzaban a vivir con las ventas de una pequeña panadería que administraban.

Y como siempre cuando te llega un problema, como por causa del destino se te juntan varios más. Las ventas de la panadería habían empezado a caer debido a una recesión económica y al aumento de los precios de la canasta básica, para colmo de males la Mamá de Pedro enfermó y por consecuencia tuvo que ser hospitalizada. Se le había detectado un cáncer en sus etapas iniciales, de modo que tuvo que recibir atención de inmediato si se le quería salvar la vida. José y Mercedes los papás de pedro decidieron que debían conseguir un préstamo para cubrir los gastos del tratamiento. Ambos charlaron para ver con quien se podía conseguir. Tenían su panadería, algunos terrenos que podían hipotecar, pero eso no era suficiente. En ese momento un rayito de luz asomó en sus mentes, pensaron en pedir un préstamo a su hijo Pedro. Ellos le habían dado a el todo su amor y cariño, además de su apoyo incondicional económico en las buenas y las malas. Pero también le habían dicho que esa era la obligación que tenían como padres y que nunca se sintiera obligado a ayudarlos. En esa platica estaban cuando apareció en la puerta del cuarto de atención su querido hijo;

¿Papá, Papá como esta Mamá? – Preguntó Pedro alarmado.

Mira que no vas a morir pronto mijo estábamos hablando de ti – Dijo la Mamá.

¿Pero qué paso Mamá? – Volvió a preguntar.

Me detectaron un cáncer estomacal dicen los médicos que, en estado primario, esos mediquitos mijo no saben hablar como la gente. No te preocupes dicen que me van a hacer unos tratamientos para eliminar las células cancerosas. Hay mijo pero estamos muy preocupados tu Papá y yo.

¿Por qué mama? – Preguntó Pedro.

Es que te queremos pedir un préstamo para cubrir la cuenta, ahorita andamos un poco mal de diner…

No siga ma, no siga, yo les presto todo el dinero que necesiten para que estén tranquilos y ya que se recupere hablamos de cómo me pueden pagar.

Muchas gracias mijo que dios te lo pague - Dice la Mamá y el Papá.

Pasaron dos largos meses de intensas quimioterapias, al fin el cáncer empezaba a ceder. Se dio de alta a la paciente y al siguiente mes ya estaba integrada revolviendo harina para la panadería.

Ahora viene lo peor José hay que llamar a nuestro hijo para hacer cuentas, yo en verdad ahora me siento muy mal, te imaginas el dineral que le debemos. ¿Como le vamos a pagar?, esta panadería apenas y nos da para mal comer y las tierras ni se diga, si no hay agua no hay cosecha. Llámalo para hablar con él, esta tarde – la Mamá.

Cuando el sol comenzaba a ocultarse llegó Pedro y su esposa a casa de sus padres.

¿Ya llegamos Papá, Mamá nos mandaron llamar? ¿Para que soy bueno?

Si mijo te mandamos llamar tu Mamá y yo, pos queremos ver cómo le vamos a hacer pa pagarte, yo sé que es muchísimo dinero el que te debemos, pero descuida mijo te vamos a pagar hasta el ultimo centavo, si quieres te vamos dando una cota mensual y poc..

Espera Papá, espera, no creo que eso vaya a funcionar – dijo Pedro

Sus padres se miraron a los ojos, desconsolados, pero tenían que afrontar la situación. La esposa de pedro solo escuchaba la conversación.

A ver Papá tráeme una libreta, vamos a hacer cuentas.

Si mijo espera un momento – dijo el padre.

Permite, yo anoto – Dijo Pedro.

¿Cuánto gastaron en el parto cuando nací?

¿Cuánto gastaron en mantillas?

¿Leche en polvo?

¿Comida?

¿Vestido?

¿Educación?

¿Dime, cuánto gastaron Papá?, ¿Cuánto gastaron Mamá? Imagino que un titipuchal de dinero. ¿Cuánto gastaron cuando me enfermaba y me tenían que llevar al doctor? Mire papá,

Mamá, ustedes no me deben ni un cinco partido a la mitad, al contrario, yo todavía estoy en deuda con ustedes. No se preocupen cuando ocupen ayuda, quiero que sepan que cuentan conmigo.

Aquellos pobres viejos se abrazaron y empezaron a llorar, dándole gracias al cielo por haberles dado aquel hijo de buen corazón.

Fue entonces que la esposa de Pedro metió su cuchara.

Pedro, pero que estás haciendo, me dijiste que venias a cobrar una cuenta a tus Papás. ¿O no?

No, yo nunca dije que venía a cobrar, te dije que venía hacer cuentas con mis Papás y ya están hechas, así que nos marchamos ya.

Pero es que yo no te habia dicho que estoy embarazada, que viene un bebe en camino y vamos a necesitar ese dinero, reacciona – Dijo la esposa enojada.

Así tengas cinco bebes seguidos mi amor, mis padres siempre van a tener mi apoyo. ¿Nos vamos? Además, no te preocupes, donde comen dos comen tres, ah que mujer de poca fe.

MORALEJA

"Ser agradecidos es un don que debemos usar en los momentos claves, poniendo nuestro granito de arena para ayudar a nuestros seres más queridos"

EL CONSULTOR

Estaba un hombre pastando su rebaño de ovejas en praderas de pastizales abundantes, cuando repentinamente aparece por la inhóspita vereda una camioneta 4x4. Se para frente al Ovejero, entonces se baja un hombre joven de no más de 30 años. Saco negro, camisa blanca, zapatos modernos de la nueva generación, se acerca al hombre y le dice:

- Señor, si le adivino cuantas ovejas tiene en su rebaño, ¿Me regala una?

El viejón responde con asombro:

-   "Si, como no"

Entonces el joven vuelve a su 4x4 y saca una laptop, se conecta a la Red de Redes, entra a una página de la NASA, mediante un satélite identifica la zona exacta dónde está el rebaño, calcula el tamaño promedio de una oveja, mediante una tabla dinámica de Excel y algunos macros logra completar el diagrama y luego de tres horas calculando le dice al ovejero:

-   Lo tengo, usted tiene 1,347 ovejas, 1340 son hembras y 7 machos.

El viejón asombrado asiente con la cabeza y le dice:

-   Efectivamente así es amigo, te puedes llevar la oveja, siempre y cuando no sea macho.

El joven toma una y la sube a la camioneta. Cuando estaba a punto de arrancar, el viejo lo detiene y le pregunta:

- Disculpa muchacho, si yo adivinara cuál es tu profesión, ¿Me devolverías la "oveja"? El hombre le dice sonriente:

- Seguro, claro que sí.

mientras abría la puerta de su 4x4 para marcharse. El viejo entonces contesta:

- Usted es un consultor.

El joven, sorprendido y perplejo comenta:

- ¡Exacto, exacto!

y mientras devolvía la "oveja" que había tomado, asombrado pregunta al ovejero:

- ¿Cómo es que se dio cuenta de mí profesión?

Y el viejo le responde.

- Muy sencillo, por tres razones: primero; usted vino sin que nadie lo llamara; segundo; me cobró por decirme algo que yo ya sabía, y tercero; se nota que no conoce nada de este negocio de las ovejas.

- ¿Pero porque dice eso buen hombre? – preguntaba el forastero.

- ¡Porque se estaba llevando mi perro, carajo…!

MORALEJA "Cuidado con las confusiones"

¿QUE ES LA VIDA?

¿Oye pablo quieres saber lo que es la vida? – Pregunta el genio.

- Si – Contesta pablo.

"La vida por si sola es bella, única y sagrada. Muchos la valoran y muchos otros no. Hay quienes solo les dan valor a las riquezas materiales, aborrecen la vida cuando no tienen nada. Para que tu vida sea prospera y duradera tienes que mantener un equilibrio. Medir entre lo que vas a hacer y lo que no vas a hacer, ejemplo: La vida no se mide anotando puntos como en un juego de básquet Ball o goles en un campo de fútbol. Tampoco se mide por el número de amigos que tengas ni por aquellos que te aceptan o no. No se mide por los planes que tienes a futuro. Por si sales a pasear o te quedas en casa. Tampoco la vida se mide con quien solías salir, o con quien piensas salir en un futuro. No se mide si eres besado por una mujer o por miles de ellas. Tampoco si saludas al Papa Francisco, a don Chuy el frutero o al Míster del Peluquín. No se mide por la fama de tu familia. Por el dinero que tengas. Por la marca del carro que manejas. No se mide tampoco si estudias en un colegio de la High o en la Universidad de Harvard. no se mide por la ropa interior o jeans que vistas ni por la música que escuches, sea Juanes, Marco Antonio Solís o él Príncipe de la canción. La vida simplemente no es nada de eso".

Pablo - Bueno, entonces, ¿Que es la vida? ¿Y cómo se mide?
Genio - Querido amigo, la vida se mide;

"Según a quién amas y según a quién dañas"

"La vida se mide por los compromisos que cumples o las confianzas que traicionas. Por la honestidad de tu amistad, por lo que se dice y lo que se hace o lo que se quiere decir o se quiere hacer, sea dañino o benigno. Por los juicios que formulas, porque los formulas y a quien o contra quien los comentas. Por tu actitud hacia quien no le haces caso o ignoras deliberadamente. Por los celos enfermizos y dañinos esos ocasionados por el miedo, la ignorancia o la venganza. La vida se mide por el amor, el respeto o el odio que llevas dentro de ti, de cómo lo cultivas o como lo riegas. La mayor parte se trata de si la usas para alimentar o envenenar el corazón de otros. Según la forma en que tu escoges de cómo vas a afectar a otros, sea positiva o negativa es como se mide. Solo, si sabes medir la vida con equilibrio, vas a ser feliz.
Pablo – Uuyyy que rollo tan bueno te aventaste mi genio.
Genio –¿Le entendiste?

Pablo – Si, me puedes repetir la última parte, esa de... Por los juicios que formulas...

Genio – Vaaaa, no, no puedo, al carajo…

Pablo – Uuuffff que genio.

MORALEJA

Debemos aprender a vivir la vida con equilibrio, para poder ser felices.

EL LIBRO DEL TESORO

Hace cientos de años allá en el antiguo Damasco. A un jovenzuelo, al morir sus padres, le heredaron un libro, al cual llamaban **"el libro del tesoro"**. Se decía era un libro mágico, el manuscrito explicaba con lujo de detalles como llegar a obtener un tesoro. El manual era abundante en páginas, solo había un inconveniente, debía ser leído página por página en su totalidad. El chico emocionado comenzó a leer aquella antigua reliquia. Y en la primera página encontró la siguiente advertencia:

"Para llegar al tesoro debes leer el libro en su totalidad, si por error saltas alguna página, el libro desaparecerá como por arte de magia y no podrás encontrar el tesoro"

Ante tal premio, el joven se motivó, empezó la lectura en un santiamén. En la primera página, las letras contaban las grandes riquezas que estaban reservadas para quien terminara de leer el libro. Pero al leer la primera página y dar vuelta a la siguiente, ¡sorpresa!, la lectura continuaba en idioma árabe - Caray no esperaba esto - se decía el muchacho. Pero como no hay mal que por bien no venga, empezó a estudiar el idioma de los árabes, para poder seguir descifrando los secretos de aquel fabuloso libro. Al poco tiempo ya tenía la confianza de poder leer aquel complicado lenguaje. Así, despacio continuó aprendiendo el conocimiento del misterioso libro. Aún le esperaban muchas sorpresas. Páginas más adelante encontró la lectura en chino, después en japonés, inglés, francés, Ruso etc. El muchacho ilusionado por obtener grandes riquezas se puso a estudiar los idiomas que fuesen necesarios para cumplir su misión, que era, convertirse en millonario. El tiempo siguió su curso, sentía no avanzar en la lectura por el tamaño del libro. Su amor propio era inmenso. Estaba dispuesto a lograr terminar de leerlo, pasara lo que pasara. Mientras, los años avanzaban, él continuaba su lectura. Al saber varios idiomas. Le empezaron a ofrecer trabajos de interprete y traducción. Empezó a ganar plata, con ello se evitó tener penurias y limitaciones, mientras descubría el secreto que le diera el oro prometido. El libro mágico le mostraba como administrar su dinero. Aprendió sobre comercio, bienes raíces. Adquirió nuevos conocimientos a tal punto que su fama se extendió por todo Damasco. Después de mucho tiempo la corte lo nombró administrador general. El libro mágico por fin empezaba a develar sus secretos más valiosos. Le indicaba al hombre, como utilizar su mente para construir grandes edificios, como usar la tecnología de su tiempo. Con calma, él todo lo estudiaba, esperando la recompensa prometida. Después de varios años el jovenzuelo se transformó en un hombre maduro, culto y respetado. El libro mágico le había enseñado materias básicas y avanzadas de ingeniería y urbanismo. Al ver el Rey su valor y cultura lo nombró Primer Ministro. No había en ese reino hombre más culto sabio e inteligente que él.

Aquel hombre siguió leyendo el libro, frase por frase, página por página, capítulo por capítulo hasta el día de su enlace matrimonial con la hija del Rey. Fue cuando por fin pudo ver el fin de la lectura de aquel magnífico escrito. La última oración de aquel fantástico libro rezaba así;

La más grande riqueza, que un ser humano puede tener es...
"CONOCIMIENTO"

MORALEJA

El conocimiento es poder, pero solo si lo usas, ah y que sea para bien.

RAYOS QUE MATAN

Un hombre montaba a caballo, viajaba con su perro por las praderas lluviosas de Kentucky, en busca de su ganado. Rayos y relámpagos azotaban aquella zona, no era para menos sentir temor a aquel clima. De pronto el vaquero vio venir del cielo una luz resplandeciente a toda velocidad, todo oscureció repentinamente, lo extraño era que no se escuchaban cantar los grillos. Al despertar, grande fue su sorpresa al ver que ya no se encontraba en el mismo sitio, no veía el ganado por ningún lado solo su caballo y el perro permanecían cerca, la lluvia había cesado, el hombre se sentía más ligero de peso. ¿Porque? se preguntaba y no encontraba respuesta, su caballo lo veía más delgado y el perro ya no tenía aquellos colmillos atemorizadores, ¿Que había pasado?, no lo entendía, de momento necesitaban iniciar la marcha y empezar de nuevo a buscar el ganado perdido, estaba desorientado pues no sabía qué dirección tomar, el sol empezaba a hacer estragos, la sed y el hambre hacían su presencia, no supo ni a qué horas ni como había perdido su cantinflora con el agua y la bolsa de carne seca que le había preparado su mujer pal almuerzo. Vio un camino muy cuesta arriba, decidió que tal vez por allí debía empezar a buscar sus vacas. Sedientos empezaron la marcha, a paso lento, con el sol quemándoles la piel, los tres empezaron a sudar copiosamente, les urgía encontrar agua. Al subir a la planicie, después de un buen rato de subida escabrosa, encontraron un muro con un portón gigante de mármol, todo se veía hermoso, había bancas y mesas doradas, además de una fuente cristalina derramando chorros de agua fresca. Muy cerca de la entrada se encontraba un hombre de barba negra que aparentemente cuidaba la entrada desde una garita. El vaquero se acercó al hombre:

- Buenas tardes señor – Saludó.
- Buenas tardes – Respondió el de la barba.
- ¿Qué lugar es este? – El vaquero.
- Oh es el cielo, ¿No lo sabías? – Decía el anciano.
- El cielo, usted debe estar confundido – Afirmaba el vaquero.
- No, hijo el que estas confundido eres tú, no es posible que tu perro, tu caballo y tu murieron y no te hayas dado cuenta.

El hombre pensó que le estaban jugando una broma de mal gusto así que decidió hacer una prueba, su caballo había sido domesticado por el mismo, el equino tenía la costumbre de no permitir que nadie le tocara su cola y si alguien lo hacía, levantaba sus patas traseras y lanzaba un golpe mortal, así que el vaquero se puso tras el caballo y jalo con toda su fuerza la cola del animal, la reacción fue instantánea, el hombre sintió la herradura de las patas del caballo impactarle el pecho y parte de la cara, fue a caer diez metros de retirado al animal. Entonces se levantó embravecido y fue a reclamarle a quien cuidaba el portón.

- Lo ve, no estoy muerto, ¿Vio a donde me arrojo el golpe? Dijo el vaquero.
- Si, si vi y si no estuvieras muerto, ese golpe te hubiera matado de manera instantánea, mira si no me quieres creer en lo que te digo, ese es tu problema, ahora pasa y toma agua y te puedes marchar, ah, pero los animales no pueden pasar no está permitida la entrada a ellos.
- No señor mío, no, si mi perro y mi caballo no entran a tomar agua yo tampoco lo hare.
- Bueno si esa es tu decisión, que les vaya bien.

Tenía lógica, empezaba a darse cuenta el vaquero que en realidad si estaban muertos, además el golpe del caballo no le había dañado en lo absoluto y no había sentido dolor alguno. Estaban desesperados, la sed se acrecentaba, pero el no iba a beber agua dejando a sus queridos animales sedientos. Siguieron caminando cuesta arriba, el cansancio, hambre y sed los atormentaban, hasta que al fin llegaron a otro sitio donde encontraron otro portón viejo que estaba entreabierto, al echar una mirada, vieron un camino largo terregoso con árboles al lado dando sombra al mismo. A la entraba, bajo uno de aquellos frondosos árboles se encontraba otro hombre, tendido sobre el suelo, descansando, vestía túnica y barba blanca, tenía la cara cubierta con un sombrero de palma, semejaba dormir una placentera siesta.

- Buenas tardes señor – dijo el vaquero despertándole – Tenemos mucha sed, mi perro mi caballo y yo.

- Hay una fuente en aquellas piedras - Dijo el hombre adormilado, apuntando hacia el sitio - Pueden beber a voluntad.

Desesperadamente se abalanzaron sobre la fuente y saciaron su sed.

- Muchas gracias buen hombre– dijo el vaquero – por poco y morimos de sed.

- ¿Otra vez? – dijo el anciano.

- ¿Usted también piensa que estamos muertos? – Preguntó el cowboy.

- En lo absoluto – Dijo el anciano.

- ¿Y si estamos muertos porque aun sentimos esta sed tan horrible?

- Eso siempre sucede a los humanos y animales, es el efecto post morten, solo dura un corto tiempo y pasa. Y si, están muertos.

- Efecto post … ¿Qué?

- Post morten, después de muerto.
- Muchas gracias por el agua, tenemos que seguir– dijo el cowboy al salir – Y a propósito ¿cómo se llama este sitio?
- Cielo – Respondió el anciano.
- ¿Cielo? El hombre del portón del mármol me dijo que allá era el cielo – Dijo el cowboy.
- Te mintió, allá es el infierno – afirmó el de la barba blanca.
- No pues ahora si que se confunde uno todito.
- No lo creas muchacho, de ninguna manera, en realidad ellos nos hacen un gran favor al mentirte.
- Si ¿Y por qué?
- Porque allá quedan aquellos que son capaces de abandonar a sus mejores amigos.
- Ah carajooo…Tiene razón.

MORALEJA

Abandonar a tus mejores amigos en tiempos difíciles, no tiene perdón de Dios.

EN LA FORMA DE DAR, ESTA EL RECIBIR

Jorge, era un chico que comenzaba a vivir la vida, había muchísimo por aprender, un día se quedó muy sorprendido, se divertía en una montaña montado sobre un palo de escoba y gritaba a todo pulmón "abuelo", de inmediato el eco contestaba "abuelo", venia la voz de un bosque lejano. Creyendo que alguien se hubiera escondido, preguntó:

- ¿Quién eres?

La voz misteriosa repetía en seguida:

- ¿Quién eres?

Jorge, lleno de furor, gritó entonces:

- Eres un idiota.

Enseguida la misteriosa voz repitió las mismas palabras.

Jorge montó en cólera, enojado lanzó palabras injuriosas contra el desconocido que suponía escondido; pero el eco se las devolvía con la máxima fidelidad. Jorge fue hacia donde creía le respondían, quería descubrir al insolente y ponerlo en su lugar, pero no encontró a nadie. Entonces marchó a casa, y fue a consultar al abuelo a quien le contó lo sucedido.

- Hijo, te has engañado tú mismo, pues lo que has oído ha sido el eco de tus mismas palabras - dijo el abuelo - Si hubieras gritado en voz alta una palabra afectuosa, la voz de que hablas te hubiera respondido también en términos afectuosos.

Lo mismo sucede en la vida y surgen dificultades para establecer una buena comunicación. Por lo común, el proceder de los demás para con nosotros es el eco de nuestra conducta para con ellos. Si somos educados con los demás, los demás lo serán con nosotros. Si, en cambio, somos descorteses y groseros con nuestros semejantes, no tenemos derecho a esperar ser tratados de diferente manera.

- Eeeh carajooo, abuelo, tiene razón...

¿UN ÁRBOL?

Lisandro había contratado a un muy buen carpintero para ayudarle a reparar una vieja granja que acababa de comprar a las afueras del pueblo. Al finalizar el agotador primer día de trabajo, Salvador se hallaba muy fastidiado, sumamente enojado las facciones de su cara lo delataban, su cortadora eléctrica se había dañado, uno de los discos se había roto y le había retrasado el trabajo, quiso ir a comprar el remplazo y para colmos de males, su vieja camioneta se negaba a arrancar. Al ver Lizandro lo enojado del carpintero se acercó y le dijo:

- ¿Qué paso amigo?
- Pues esta porquería de camioneta ya me quedó mal patrón, se me rompió un disco de la cortadora y quería ir a la ferretería a conseguir otro nuevo y es…
- No hombre, no se preocupe ya es tarde, hay párele esto va pa largo, vamos a hacer una cosa, esta tarde yo le consigo el disco ese. Tengo un amigo mecánico que nos puede ayudar a reparar su camioneta y si gusta pos le puedo dar un aventón a su casa – sugirió Leandro.
- Me da mucha pena, pero le voy a aceptar el favor – decía Salvador.

Tuvieron que recorrer de lado a lado el pueblo pues el carpintero vivía al otro extremo.

- Alla es patrón, en la casa amarilla, aquella que tiene el sauce a un lado – decía el carpintero.

Al estacionarse en la calle Lisandro, Salvador ofreció a su patrón que pasara a tomar un vaso de agua y aprovechara para conocer a su familia.

Ambos bajaron de la Cheyenne y empezaron a caminar hacia la puerta, pero antes de llegar a ella, Salvador fue hacia el árbol y empezó con sus manos de arriba hacia abajo a raspar la corteza de este. ¿Era un rito o que era? Se estaba preguntando Lisandro. el veía atónito la acción, pero más sorprendido quedó cuando se abrió la puerta y aparecieron una parejita de hermosas niñas clamando por un abrazo de papito, la esposa lo recibió amorosa con un beso y enseguida saludaba al extraño. La cara de Salvador se hallaba iluminada de gusto y alegría por tener a su familia a su lado. Lizandro estaba sorprendido de haber visto hacia muy poco tiempo a un hombre perturbado por la furia y el enojo, ¿Que había pasado? Se preguntaba, como era posible pasar de un estado anímico a otro en tan corto tiempo, por más que lo pensaba no encontraba respuestas.

Al día siguiente el carpintero llego muy de mañana para continuar con su tarea. Lizandro mientras tanto hacía unos arreglos a una ventana de un cuartucho.

- Buen día patrón, listo para otro día.

- Qué bueno, mira hay te dejé el disco dentro de tu troca, ah y el mecánico ya se encargó del problema, dijo que tenía muerta la batería, que a la mejor una luz había quedado encendida – decía Lizandro.

- A que bruto soy, siempre me pasa – se lamentaba salvador.

- Oye Salvador sáqueme de una duda, ¿Qué significa esa rascadera de ayer, en el árbol, antes de entrar a tu casa?

- Oh, ese árbol es el árbol de mis problemas - contestó - Se que no puedo evitar tener problemas en el trabajo, pero una cosa es segura, los problemas no pertenecen a mi casa, no pertenecen a mi esposa, ni a mis hijas. Así que simplemente los vacío al árbol cuando llego a casa. Cuando se abre la puerta de mi hogar es otro cantar.

- Ah ya comprendo – Dijo Lisandro

- Ese árbol es mi tablita de salvación, otros los disipan con el alcohol, discutiendo con su pareja o sus hijos, peleando, usando drogas etc.

- ¿Y yo también puedo usar el árbol para descargar mis problemas?

- Puesss si… Pero no mi árbol – Concluyó Salvador.

MORALEJA

No ocupas rascar un árbol, usar drogas, pelear con tu familia o discutir con tus amigos, para cada problema siempre hay una solución, usa tu inteligencia y sabiduría.

EL AMOR VIVE

¿Sabías que el odio es el rey de los malos sentimientos, los defectos y las malas virtudes? Pues este convocó a reunión urgente a los otros malos sentimientos, a los sentimientos negros del mundo. Los deseos más perversos del corazón humano se presentaron a esta reunión con curiosidad de saber por qué la reunión, si ellos estaban más negros que nunca. Cuando ya estaban todos reunidos, hablo el odio y dijo:

- Los he reunido a todos porque deseo matar a alguien.

Los asistentes no se extrañaron mucho pues era el odio quien estaba hablando, sin embargo, todos se preguntaban entre sí, quien sería tan difícil de matar para que el odio los necesitara a todos.

- Quiero que maten al Amor" - Dijo.

Muchos sonrieron maliciosamente pues todos le tenían ganas. El primer voluntario fue el mal carácter, quien dijo:

- Yo iré, les aseguro que en un año el Amor habrá muerto, provocaré discordias y rabia que no lo soportará.

Al cabo de un año se reunieron de nuevo y al escuchar el reporte de mal carácter quedaron muy decepcionados.

- Lo siento, lo intente todo, cada vez que sembraba una discordia, el Amor la superaba y salía adelante.

Fue entonces cuando muy diligente se ofreció la ambición que haciendo alarde de su poder dijo:

- En vista de que el mal carácter fracasó, iré yo. Desviaré la atención del Amor hacia el deseo por la riqueza y por el poder, eso nunca falla.

Y empezó la ambición el ataque hacia su víctima quien efectivamente cayó herida, pero después de luchar, renunció a todo deseo de riqueza, de poder y triunfó de nuevo.

Furioso el odio, por el fracaso de la ambición, envío a los celos, quienes burlones y perversos inventaban toda clase de artimañas y situaciones para despistar al Amor y lastimarlo con dudas y sospechas infundadas. Entonces el Amor confundido lloró, y pensó, que no quería morir y con valentía y fortaleza se impuso sobre ellos y los venció. Año tras año, el odio siguió en su lucha enviando a sus más hirientes compañeros, envío a frialdad, a egoísmo, indiferencia, pobreza, enfermedad y a muchos otros que siempre fracasaron, pues cuando el Amor se sentía desfallecer tomaba fuerzas y todo lo superaba. El odio convencido de que el Amor era invencible les dijo a los demás:

- Nada que hacer. El Amor ha soportado todo, llevamos muchos años insistiendo y no logramos matarlo.

De pronto de un rincón del salón se levantó un sentimiento poco conocido, vestía todo de negro usaba un sombrero gigante que cubría su rostro, su aspecto era fúnebre, como el de la muerte:

- Yo mataré al Amor - Dijo.

Todos se preguntaron quién será ese malévolo sentimiento que pretendía hacer solo, lo que ninguno otro había podido hacer. Gritando el odio dijo:

- Que esperas ve y hazlo.

Había pasado algún tiempo, cuando el odio volvió a llamar a los malos sentimientos para comunicarles que "EL AMOR HABÍA MUERTO". Todos estaban felices pero sorprendidos. Entonces el sentimiento del sombrero negro habló:

- Ahí les entrego el Amor totalmente muerto y destrozado.

Y sin decir más trató de marcharse.

- Espera - Dijo el odio - En muy poco tiempo lo eliminaste por completo, lo desesperaste y el Amor no hizo el menor esfuerzo para sobrevivir. ¿Quién eres?

El sentimiento levantó su sombrero, por primera vez mostro su horrible rostro y dijo despiadadamente.

- Soy la rutina.

MORALEJA

Un abrazo, un Te quiero, Eres muy valiosa para mí, Aquí estoy, No estas solo, Eres grande, Tú puedes, Toma este ramo de Rosas es tuyo, Eres el Amor de mi vida, Te quiero, Te amo.

Si Puedes derrotar La rutina, siempre vas a mantener el Amor vivo.

FALTA DE RESPETO

Un anciano tenía un grave problema de miopía. Él se consideraba un experto en evaluación de arte moderno. Un día visitó un museo con algunos amigos. Se dio cuenta que había olvidado los lentes en su casa y no podía ver las pinturas con claridad, pero eso no lo detuvo para expresar sus fuertes opiniones. Tan pronto entraron a la galería donde se encontraba la exposición, comenzó a criticar los diferentes cuadros. Al detenerse ante lo que pensaba era un retrato de cuerpo entero, empezó a criticarlo. Con aire altanero de gran conocedor dijo:

- El marco es completamente inadecuado para el cuadro. El hombre este vestido en una forma muy ordinaria y andrajosa. En realidad, el artista cometió un error imperdonable al seleccionar un sujeto tan vulgar y sucio para su retrato. Es una falta de respeto.

El anciano siguió su parloteo sin parar, los parroquianos lo escuchaban incrédulos y burlescamente sonreían entre ellos, hasta que su esposa se acercó a su lado y le dijo al oído:

- Querido, estás haciendo el ridículo que no te das cuenta.
- Solo estoy dando mi opinión de buen conocedor mujer, relájate…

- Ni que relájate ni que ocho cuartos… ¿Olvidaste tus lentes verdad?
- Si, pues fue sin querer…
- ¿Ya te disté cuenta sobre quien estás haciendo la crítica?
- Si es un cuadro muy malo.
- La critica es sobre ti mismo idiot… lo que tienes frente a ti no es un cuadro, es un espejo.
- ¡Ah carajo!

MORALEJA

Nuestras propias faltas, las cuales tardamos en reconocer y admitir, parecen muy grandes cuando las vemos en los demás, debemos mirarnos en el espejo más a menudo, observar bien para detectarlas, y tener el valor de corregirlas.

POR EL VALOR DE TU PERSONA

En el Siglo XII el maestro Agbar era muy reconocido por todo Babilonia por su inteligencia, sabiduría y las grandes riquezas que poseía. Muchos concurrían a él en busca de consejo. Yozzef, era un hombre trabajador que venía de tierras lejanas a pedir consejo a Adgar, al tocar su turno dijo:

- Maestro, siento obtengo de la vida menos de lo que merezco... Sé que debería poseer más riquezas, ser más feliz, pero sin embargo mi vida es mediocre y quisier...

- Bien, bien - contestó Adgar - Mira... En estos momentos yo tengo un problema, así que te pido ayuda para resolverlo y despuesito resolvemos el tuyo. ¿Te parece? Yozzef sorprendido, no pudo más que decir:

- ¿Qué necesita maestro?

- Tengo que vender urgentemente este anillo. Te pido que vayas al mercado y lo vendas... ¡¡Pero no aceptes menos de una moneda de oro!!

Dicho esto, sacó el anillo de su dedo y lo entregó a Yozzef, quién muy molesto, subió a su caballo y se dirigió al mercado a cumplir el encargo. Una vez en el mercado Yozzef ofreció a la gente que pasaba el anillo pidiendo el precio que el maestro le había indicado. Solo obtuvo burlas de la gente...

- Una moneda de oro por este anillo, quien dijo yo – Gritaba Yozzef

- Estás loco hombre...te ofrezco tres de cobre y esta daga – ofreció un mercader.

La mejor oferta había sido ofrecida por una encantadora dama quién había ofrecido una moneda de plata. Horas después cuando el mercado cerraba, Yozzef agotado por el esfuerzo, optó por regresar a la casa del Maestro. De regreso se preguntaba. ¿Será realmente Agbar tan buen maestro y sabio como se dice?... ¿O sólo será un viejo avaro y ambicioso que pretende una moneda de oro por este miserable metal?

Al llegar a casa del maestro dijo:

- Agbar... Me esforcé grandemente ofreciendo este anillo a todos los que pasaban en el mercado, lo máximo que obtuve fue la oferta de una moneda de plata y se...

- A ha! ... - Dijo el maestro, sin mirarlo - Entonces hazme otro favor. Ve a casa del Joyero que está frente a la Mezquita, esta a un lado del mercado y dile que te valore el anillo... Escúchame bien, no se lo vendas, te ofrezca lo que te ofrezca. ¿Has entendido?

Así partió Yozzef a cumplir su nuevo encargo, decepcionado y con la sensación de que el viejo ya lo estaba tomando como su sirviente personal, aun así decidió seguir el juego. Al llegar al sitio indicado encontró al Joyero a punto de cerrar, con ruegos consiguió que analizase el anillo.

- ¿Cuánto cree que puede valer?" - Preguntó Yozzef convencido de antemano del escaso valor del anillo.

- Bueno... La verdad es que... Yo diría... - Titubeaba el Joyero mientras

miraba el anillo desde todos sus ángulos - ... Digamos que podría llegar a valer unas setenta monedas de oro... Pero bueno, dado tu apuro yo podría pagarte ya, alrededor de cincuenta... Cincuenta y tres máximo.

Yozzef quedó anonadado por la respuesta, la sorpresa no le permitía articular palabra alguna. El Joyero tomó una hábil estrategia de regateo, sin darle tiempo a recuperarse, le dijo.

- Esta bien, está bien...Veo que eres un hueso duro de roer, te ofrezco sesenta y dos monedas de oro al momento.

Yozzef sin poder articular palabra, logró recuperar el anillo de la mano del Joyero que se resistía a soltar la prenda y rápidamente regresó a la casa de Agbar. Al ver su rostro sorprendido Agbar preguntó:

- Hola Yozzef. ¿Qué te ha dicho el Joyero?

- Realmente no lo puedo entender... Cotizó el anillo en 70 monedas de oro y llegó a ofrecerme 62 en ese mismo momento... ¿Quiere que regrese y se lo venda?

- No, Yozzef" - Contestaba el viejo mientras volvía a colocarse el anillo en su dedo - Conozco el valor del anillo y se trata de una joya más valiosa aún de lo que el pillo del Joyero te la cotizó... Este anillo perteneció a el Supremo Sultán Mustafá, aquí está su sello, cualquier Joyero puede reconocerlo al instante.

- ¿Pero...No entiendo...Y por qué nadie en el mercado llegó a ofrecer más que unas pocas monedas de cobre por él?

- Porque, para advertir el valor de ciertas cosas hay que ser un experto. La gente en el mercado a lo sumo podría advertir el brillo del oro o el tamaño de una piedra incrustada, lo mismo ocurre con tu vida...

- Espere ¿Como que lo mismo ocurre con mi vida? – Explíquese.

- ¿Estás esperando que la gente te reconozca?... ¿O que el destino te favorezca? y no adviertes que el verdadero valor lo da el carisma, la personalidad y los valores que todos llevamos dentro. Regresa a casa y saca provecho de tu vida, no por lo que los demás opinen o digan de ti, sino por el verdadero valor de tu persona.

MORALEJA

No permitas que las opiniones ajenas afecten la toma de tus decisiones, solo acepta aquellas que creas serán bendición en tu vida

VARITA M ÁGICA

Esta historia trata sobre un niño extremadamente ansioso, que por alguna razón él no podía esperar. Si estaba en la escuela, en cuanto llegaba quería que la clase terminara, o si llegaba a casa quería que la comida estuviera lista al momento que él quisiera. Su vida era así, siempre esperando el próximo momento. Un día, mientras caminaba a la escuela se encontró con un Hada madrina y le regaló una varita mágica, diciéndole:

- Con esta varita mágica vas a poder acelerar el paso del tiempo cada vez que quieras. Solamente estiraras tu mano con la varita y pedirás tu deseo.

El niño agradeció y se fue emocionado, pensando: "Qué bueno, ahora no tendré que esperar más y podré elegir que momentos quiero vivir y cuáles no". Cuando llegó a la escuela y la maestra dijo buen día, el niño sacó su varita mágica y disimuladamente dijo:

- Que termine la clase.

De pronto dice la maestra:

- Bien niños, terminó la clase, se pueden marchar, hasta mañana.
- Perfecto – Resultó, dijo el de la varita.

Y así empezó a hacer lo mismo con todo lo que le molestaba esperar. La comida, el cumpleaños, la escuela, etc. Se puso práctico en hacer pasar exactamente el tiempo que quería. Pasó el tiempo y no quiso esperar a crecer para ponerse de novio con aquella encantadora chica que tanto le gustaba, entonces con su varita pidió el deseo de avanzar el tiempo, de pronto ya era un joven y ella una hermosa damisela, y eran novios. Por suerte los años de escuela habían pasado.

Entonces decidió casarse, y esperar un niño, pero nueve meses era mucho. Otro deseo y ya tenía su bebé, y la mujer sin su panza, pero...aparecieron los pañales y el llanto a la noche, ...entonces otro deseo y ya tenía un niño de seis años que podía jugar con él, que se bañaba solito, pero pensó que ahora venía lo peor acompañarlo a estudiar pidió otro deseo y otro y luego otro y de pronto apareció jubilado, ya no tenía que trabajar más, su hijo había terminado de estudiar, ya no estaba en casa, era un adulto con su propia familia, su propia mujer.

Aquel niño había envejecido en un santiamén, estaba canoso, su madre había muerto, y él no tenía recuerdos de su vida. ¡Qué horror, su vida estaba terminando y él se había perdido lo más bello de la vida por su tremenda ansiedad!

 En eso despierta y se da cuenta que lo que había tenido era una horrible pesadilla.

MORALEJA

No te preocupes por el mañana. Mañana se ocupará de sí mismo. Cada día trae sus propios retos, sus desafíos, sus horas de templanza y bienestar. Lamentablemente vivimos sin conciencia de esos tesoros que viven en el momento presente. Si yo te dijera que recordaras días que marcaron tu vida es probable que lo que solo recuerdes sean algunos momentos de esos días. ¿Y porqué tenemos tan poquitos de esos momentos? ¿No será porque los dejamos pasar.

INMOVIL

Un Sultán recibió como obsequio, dos pequeños aguiluchos, los entregó al maestro de cetrería para que los entrenara. Habían Pasado unos cuantos meses, al fin el maestro informó al sultán que una de las aves, volaba perfectamente, pero que a la otra no entendía que le sucedía, no se había movido de la rama donde la había dejado desde el día que llegó. El sultán mandó llamar curanderos y sanadores para que revisaran al ave, pero nadie podía hacerla volar. Encargó entonces la misión a miembros de la corte, nada sucedió. Al día siguiente por la ventana, el monarca pudo observar, que el ave aún continuaba inmóvil. Entonces decidió comunicar a su pueblo que ofrecería una recompensa, a la persona que hiciera volar al águila. A la mañana siguiente, vio al ave volando ágilmente por los jardines. El sultán sorprendido pidió a su corte:

- Traedme al autor de ese milagro.

Su corte rápidamente le presentó un campesino. El sultán preguntó;

- ¿Tú hiciste volar al águila? ¿Cómo lo hiciste? ¿Eres mago?

Intimidado el campesino dijo al sultán:

\- Fue relativamente muy fácil mi señor, sólo corté la rama, y el águila empezó a volar, se dio cuenta que tenía alas y se lanzó al vuelo.

MORALEJA

Y tú ¿A qué estás aferrado que no quieres ser todo lo que puedes llegar a ser? ¿Qué estás esperando para soltarte y volar? ¿Ocupas que te corten la rama acaso?

EL COFRE ENCANTADO Y LOS SECRETOS DE LA FELICIDAD

Hace siglos vivía en la antigua Babilonia un sabio, de quien se decía que guardaba un cofre encantado en el cual celosamente guardaba un gran secreto que lo hacia ser un gran triunfador, él se consideraba el hombre más feliz de la tierra. Muchos reyes le ofrecían poder y dinero, hasta intentaban robarle para obtener el cofre, pero todo era en vano. Así pasaban los años y el sabio era cada día más feliz. Un día llego ante él un humilde campesino y le dijo:

- Señor, al igual que usted, yo también quiero ser inmensamente feliz. ¿Por qué no me enseña que debo hacer para conseguirlo?,

el sabio al ver la sencillez y la pureza del hombre le dijo:

- Si, te enseñaré el secreto para ser feliz, ven conmigo y presta mucha atención. En realidad, son dos cofres donde guardo el secreto para ser feliz, y estos son; Mi mente y Mi corazón, el gran secreto no es otro que una serie de pasos que debes seguir a lo largo de tu vida: **El primer paso,** es saber que existe la presencia de Dios en todas las cosas de tu vida y, por lo tanto, debes amarlo y darle gracias por todas las cosas que tienes.

El segundo paso, es que debes quererte a ti mismo, todos los días al levantarte y al acostarte, debes afirmar: Yo soy importante, yo valgo, yo soy capaz, soy inteligente, soy cariñoso, espero mucho de mí, no hay obstáculos que no pueda vencer, este paso se llama autoestima alta.

El tercer paso, es que debes poner en práctica todo lo que dices que eres, es decir, si piensas que eres inteligente, actúa inteligentemente; si piensas que eres capaz, haz lo que te propones; si piensas que eres cariñoso, expresa tu cariño; si piensas que no hay obstáculos que no puedas vencer, entonces proponte metas en tu vida y lucha por ellas hasta lograrlas, este paso se llama motivación.

El cuarto paso, es que no debes envidiar a nadie por lo que tiene o por lo que es, ellos alcanzaron su meta, logra tú las tuyas.

El quinto paso, es que no debes albergar en tu corazón rencor hacia nadie; ese sentimiento no te dejara ser feliz; deja que las leyes de Dios hagan justicia y tu perdona y olvida.

El sexto paso, es que no debes tomar las cosas que no te pertenecen, recuerda que, de acuerdo con las leyes de la naturaleza, mañana te quitaran algo de más valor.

El séptimo paso, es que no debes maltratar a nadie; todos los seres del mundo tenemos derecho a que se nos respete y se nos quiera.

Y, por último:

El octavo paso, levántate siempre con una sonrisa en los labios, observa a tu alrededor y descubre en todas las cosas el lado bueno y bonito; piensa en lo afortunado que eres al tener todo lo que tienes, ayuda a los demás, sin esperar recibir nada a cambio, mira a las personas y descubre en ellas sus cualidades y regálales el secreto para ser triunfadores y que, de esa manera, también ellos puedan ser felices.

MORALEJA

¿Eres feliz? Si no, ya tienes la solución

BESITOS

Mi compadre Casimiro me contó un suceso por el que había pasado hacía algunos años. El había castigado a su hija de tres añitos por desperdiciar un rollo completo de papel dorado para envolturas de regalos. Era navidad y se encontraban escasos de dinero, se puso furioso cuando la niña trató de decorar una caja para regalo y así colocarlo bajo el árbol de Navidad. A pesar de ver a su padre enojado, envolvió el regalo. A la mañana siguiente, la pequeña le llevó el regalo a su papá y le dijo:

- Esto es para ti, papi.

Él se sintió avergonzado por su enojo, pero volvió a molestarse cuando abrió el regalo y vio la caja vacía, entonces, enojado grito y le dijo:

- ¿No sabes que cuando se da un regalo, se pone algo dentro de la caja?

La pequeñita lo miró con lágrimas en sus ojitos y dijo:

- Papi, no está vacía, yo puse besitos dentro de la caja, todos para ti, papito.

Casimiro se sintió destrozado. Abrazo a su hijita y le rogó que lo perdonara. Él me confesó que aún conserva aquella caja dorada junto a su cama desde hace mucho tiempo.

Cuando se siente desanimado y triste, abre la caja para recibir uno de aquellos amados besitos y recordar el amor con que su hija los había depositado allí, para él.

MORALEJA

Son tan pocos los momentos de alegría y felicidad junto a nuestros niños y los desperdiciamos.

TRES ENFOQUES

Sabemos que existen tres enfoques en cada historia: mi verdad, tu verdad y la verdad.

- Que tomará mucho tiempo llegar a ser la persona que deseas ser.
- Que puedes hacer muchas más cosas de las que crees no puedes hacer.
- Que no importan mucho tus circunstancias, lo importante es como las intérpretes.
- Que no puedes forzar a una persona a amarte, únicamente puedes ser alguien que ama. Y el resto depende de los demás.
- Que requiere años desarrollar la confianza y un segundo destruirla.
- Que dos personas pueden observar la misma cosa, y ver algo totalmente diferente.
- Que puedes escribir o hablar de tus sentimientos, para aliviar mucho dolor interno.
- Que no importa que tan lejos has estado de Dios, él siempre te vuelve a recibir.
- Que tú eres responsable de tus actos.
- Que hay personas que te quieren mucho, pero no saben expresarlo.

- Que a veces las personas que menos esperas son las primeras en apoyarte en los momentos más difíciles.
- Que hay dos días por los que no debes de preocuparte: ayer y mañana.
- Que el único momento valioso es ahora.
- Que, aunque quieras mucho a la gente, algunas personas no te devolverán ese amor.
- No debes competir contra lo mejor de otros, sino competir con lo mejor de ti.
- Que puedes hacer algo por impulso y arrepentirte el resto de tu vida.
- Que, si no controlas tu actitud, la actitud te controlará.
- Nunca le digas a un niño que sus sueños son ridículos. ¿Qué tal y te la cree?
- Que es más importante que te perdones a ti mismo por algún error a que otros te perdonen.
- Que no importa si tu corazón está herido, al fin, el mundo seguirá girando.
- Que la violencia atraerá más violencia.
- Que decir una verdad a medias es peor que una mentira.
- Que hay mucha diferencia entre la perfección y la excelencia.
- Que al final de la vida te darás cuenta de que las únicas cosas que valen la pena son: tu familia, tu fe, un grupo

selecto de amigos y unas experiencias que te dieron crecimiento personal.

HECHA DE MOMENTOS

¿Por qué digo esta vida está hecha de momentos?, porque a ciencia cierta no estoy seguro de que haya otra. Si es por fe, hay otra, pero como estamos en esta, te quiero expresar mi sentir de ver la vida y es que esta vida se vive por momentos:

Hay momentos para reír.

Hay momentos para jugar.

Hay momentos para bailar.

Momentos para cantar.

Momentos para disfrutar.

Mejor se las dejo así hay momentos para todo lo que termine en ar.

Momentos para escribir, para ir a la playa, al trabajo, momentos para orar, para rezar. Para alimentarse, momentos para amar, para llorar, para estar triste, momentos para escudriñar, para estudiar, momentos para ahorrar, para gastar. Pero el momento más sublime es pedir al señor que esté a nuestro lado para que nos de fortaleza, nos llene de gozo y alegría, para poder disfrutar de todos esos momentos que nos tocará vivir, hasta que llegue el momento, valga la redundancia de partir. Porque, para eso también existe un momento.

MORALEJA

Aprovecha tus momentos al máximo, no dejes que el tiempo se te escurra de las manos

GRAN PROBLEMA

Un maestro Shaolin y el guardián se dividían la administración de un Monasterio en el Tíbet. Cierto día, el guardián murió y era preciso substituirlo. El Maestro reunió a todos sus discípulos para escoger quién tendría la honra de trabajar directamente a su lado. Voy a presentarles un problema, dijo el Maestro, y aquél que lo resuelva, será el nuevo guardián del Templo Shaolin. Terminado su corto discurso, colocó un banquillo en el centro del local, a un lado se veía unos ventanales abiertos sin vidrios en sus marcos, curioso. Además, al fondo se observaba un horno envuelto en llamas se decía que allí incineraban a quien partía al otro mundo. Al acomodar el banquillo en el centro el maestro dijo a sus discípulos,

- aquí está el problema, resuélvanlo.

Había acomodado la espada gigante sobre el banquillo, la cual lucia hermosos diamantes incrustados en el mango, esta tenía filo por los dos lados que brillaban intensamente cuando se exponía al sol.

Los discípulos contemplaron perplejos el "Problema", se quedaban asombrados de lo hermoso que eran aquellos diamantes incrustados en el mango, además la espada en si era impresionante. ¿Qué representaba aquello? ¿Qué hacer? ¿Cuál sería el enigma? Pasaron las horas, y nadie atinaba a hacer nada, salvo contemplar el "Problema", después de mucho tiempo uno de los discípulos se levantó, miró al maestro, a los alumnos, caminó resuelto hacia la espada la tomó entre sus manos, entonces se dirigió hacia el ardiente horno y la arrojó entre las llamas.

- No, no – decían sus compañeros – No lo hagas.

- Vaya hasta que por fin alguien se atrevió - dijo el Maestro - empezaba a dudar de la formación que les hemos dado en el templo todos estos años. Usted es el nuevo guardián.

Dirigiéndose el maestro hacia el atrevido muchacho. Al volver a su lugar el alumno, el maestro explicó:

- Fui bien claro desde el principio: Recuerdan les dije que ustedes estaban delante de un "Gran problema".

MORALEJA

No importa que tan bello y fascinante sea el problema se tiene que resolver. Un problema es un problema; puede ser un florero de porcelana muy caro, un fajo de billetes de 100 dólares que te encuentras en un taxi, un lindo amor que ya no tiene sentido, un camino que precisa ser abandonado, por más que insistimos en recorrerlo, "Solo existe una manera de lidiar con un problema": atacándolo de frente. En esas horas, no se puede ser tentado por el lado fascinante que cualquier conflicto acarrea consigo. Recuerda que un problema, es un problema. No tiene caso tratar de hacer Miki mouses y darle vueltas, si al fin y al cabo ya no es otra cosa más que "UN PROBLEMA". Déjalo, hazlo a un lado y continúa disfrutando de lo hermoso y lo que vale la pena en la vida. No huyas de él... acaba con él.! Como lo hizo el discípulo con la espada, arrójalo al fuego y extermínalo.

ESCUCHA TU VOZ INTERNA

Había un hermoso jardín, con manzanos, naranjos, perales y bellísimos rosales, todos ellos inmensamente felices y satisfechos. Todo era alegría excepto por un árbol profundamente triste. El pobre tenía un problema: "No sabía quién era.

- Te falta concentración - decía el manzano - si lo intentas, podrás tener sabrosas manzanas.
- No lo escuches, exigía el rosal. Es más fácil tener rosas en vez de manzanas.

El árbol desesperado, intentaba todo lo que le sugerían, y como no lograba ser como los demás, se sentía cada vez más frustrado. Un día llego al jardín un búho, la más sabia de todas las aves, al ver la desesperación del árbol, exclamó:

- No te preocupes, tu problema no es tan serio como parece, es el mismo de muchísimos seres sobre la tierra. Yo te daré la solución, escucha con atención: No dediques tu vida a ser como los demás quieran que seas...Sé tú mismo, conócete, para lograrlo, escucha tu voz interior. Y dicho esto, así como apareció, desapareció el búho
- ¿Mi voz interior...? ¿Ser yo mismo...? ¿Conocerme? - Se preguntaba el árbol desesperado.

Cuando de pronto, comprendió...Y cerrando sus ojos y abrió el corazón, y por fin pudo escuchar su voz interna diciéndole: "Tú jamás darás fruta como el manzano porque no eres un árbol de manzanas, ni florecerás cada primavera porque no eres un rosal. Eres un Roble, y tu destino es crecer grande y majestuoso. Darás cobijo a las aves, sombra a los viajeros, belleza al paisaje...Tienes una misión "Cúmplela". Y el árbol se sintió fuerte y seguro de sí mismo y se dispuso a ser todo aquello para lo cual estaba destinado. Así, pronto llenó su espacio y fue admirado y respetado por todos. Y sólo entonces el jardín fue completamente feliz.

MORALEJA

Y tú, ¿que eres o que quieres ser? ¿una persona dinámica que trabaje para superarse? o una persona tranquila que deje pasar las oportunidades y no quiera hacer nada. De una cosa estoy seguro, nunca se te va a aparecer un búho para decirte que es lo que debes hacer. Solo cierra tus ojos y abre tu corazón para que escuches tu voz interna.

SOBRE EL AUTOR

Oriundo de La Hacienda de la Calle, Municipio de Pénjamo Guanajuato. Estudié en varios estados de mi México lindo y querido. Egresado de la Universidad Autónoma Agraria "Antonio Narro" de Saltillo, Coahuila, lugar donde se formó mi querida "Rondalla de Saltillo". Allí terminé mis estudios de Ingeniero Agrónomo Zootecnista en junio de 1985. (como dirían muchos... Uuuyyyyyy, ya llovió). Radicando en Orange, County Ca. desde 1984.

Printed in Poland
by Amazon Fulfillment
Poland Sp. z o.o., Wrocław

32036270R00118